DAS VERLÖBNIS

Die Ritter von de Ware

WEITERE BÜCHER VON GLYNNIS CAMPBELL

Die Kriegerinnen von Rivenloch
Schiffbruch (*The Shipwreck*) [Novelle]
Eine gefährliche Braut (*Lady Danger*)
Ein Herz in Fesseln (*Captive Heart*)
Des Ritters Belohnung (*Knight's Prize*)

Die Ritter von de Ware
Das Verlöbnis (*The Handfasting*) [Novelle]
Mein Ritter (*My Champion*)
Mein Krieger (*My Warrior*)
Mein Held (*My Hero*)

Geächtete im Mittelalter
Die Viehdiebin (*The Reiver*) [Novelle]
Ein gefährlicher Kuss (*Danger's Kiss*)
Die Zuflucht der Leidenschaft (*Passion's Exile*)
Die Erlösung des Verlangens (*Desire's Ransom*)

Die schottischen Frauen
Der Verdammte (*The Outcast*) [Novelle]
MacFarlands Frau (*MacFarland's Lass*)
MacAdams Frau (*MacAdam's Lass*)
MacKenzies Frau (*MacKenzie's Lass*)

DANKSAGUNGEN

Ich bedanke mich herzlich bei:

Suzan Tisdale und Kathryn Le Veque,
dass sie mich auf die Idee gebracht haben, eine
weihnachtliche Novelle zu schreiben.

Meine allerbeste Freundin Lauren Royal,
die mich davon überzeugt hat, einen Weg zu finden,
meine beiden legendäre Familien miteinander zu
verheiraten.

Birthe Hansen für das Brainstorming.

Kit Harington und Emma Watson
für ihre Inspiration.

WIDMUNG

Für all die Menschen,
die nicht schon perfekt auf die Welt kommen
und all jene, die weise genug sind,
sie trotzdem zu wertschätzen.

KAPITEL 1

Die Highlands
Das Julfest 1199

Ysenda hasste die Julzeit.

Überall um sie herum feierte der Clan bei gutem Essen und laut jubelnd. Lebhafte Heiterkeit erfüllte die große Halle. Gelächter und Musik hallten von den Deckenbalken.

Trotzdem starrte sie finster in ihren halbleeren Becher.

Ihre Abscheu hatte nichts mit dem Abendessen zu tun. Wer würde sich bei den üppigen Speisen, die zum Julfest jeden Abend auf den Tisch kamen, beschweren? Heute Abend gab es einen saftig gebratenen Wildschweinkopf, geräuchertes Schaffleisch, Hirschbraten, Kanincheneintopf, Herzmuscheln, Haselnüsse, Käse und endlos viele Becher mit eigens gebrautem Winterbier.

Sogar das ausgelassene Treiben, das unweigerlich folgte, störte sie. Anzügliche Lieder vertrieben den Trübsinn, lüsterne Jungen liefen hinter kichernden Mädchen her, die

Musik der Flöten, Harfen und Trommeln erfüllte die Luft und wildes Tanzen sollte die Sonne dazu ermutigen, nach der Wintersonnenwende zurückzukommen.

Zugegebenermaßen sah die Ausschmückung der Halle mit Stechpalmen sehr festlich aus. Das galt auch für den Efeu, der den großen Kamin zierte. Über allen Türen hing ein Mistelzweig als Glücksbringer. Talgkerzen im ganzen Raum ließen die rauen Holzbalken warm und einladend aussehen.

Obwohl sie dicht an dicht in die Burg gequetscht worden waren, gab es ausnahmsweise keinen Streit im Clan. Alle waren frisch gewaschen, lächelten und trugen ihre schönsten Gewänder.

Sogar Ysenda hatte sich Mühe gegeben. Sie hatte in nach Lavendel duftendem Wasser gebadet. Sie hatte ihr langes Leinenunterkleid so lange gewaschen bis es so weiß wie der Schnee vor der Tür war. Darüber trug sie ihr bestes Kleid aus grauer Wolle. Um ihre Taille und über ihrer Brust trug sie einen grau-karierten Arisaid, der an ihrer Schulter mit einer Silberbrosche befestigt war. Sie hatte ihr Haar, das normalerweise nur schwer zu bändigen war, in zwei Zöpfe geflochten, die um ihren Kopf gelegt und hinten mit einem Band befestigt waren und auch ihr Haar duftete nach Lavendel.

Sie fühlte sich hübsch ... fast so hübsch wie ihre Schwester.

„Caimbeul!" Von der anderen Seite der Halle zog einer der vielen volltrunkenen Grobiane ein Mädchen am Arm, das sich tapfer wehrte und rief Ysendas älterem Bruder zu. „Caimbeul! Warum kommst du nicht und tanzt mit Tilda?"

Ysenda erstarrte, als Tilda entsetzt errötete und wegrannte. Alle lachten.

Darum hasste sie das Julfest.

Neben ihr grinste Caimbeul über den Scherz, aber Ysenda wusste, dass er sich im Inneren entsetzlich fühlte. Er wollte so gern einer von ihnen sein.

Meistens konnte er so tun, als ob dem so wäre. Meistens vergaß Ysenda, dass er anders war. Wenn sie allein waren, schien er so gut und fähig wie jeder andere Mann zu sein.

Nur wenn sie öffentlich in Erscheinung treten mussten wie zum Julfest und neben ihrer Schwester und ihrem Vater saßen, als wenn nichts wäre, wurde der Unterschied schmerzhaft deutlich.

Sobald die Menge sich versammelt hatte und das Bier in Strömen floss, fingen der Spott und das Gelächter an. Und zu Ysendas Schande tat ihr Vater *Laird* Gille nichts, um den Hohn und Spott zu unterbinden.

Warum sollte er? Der *Laird* hatte seinen missgestalteten Sohn vom ersten Augenblick an geleugnet. Der einzige Grund, warum er den Jungen am Leben gelassen hatte, war, dass Caimbeul bereits sechs Monate alt war, als der *Laird* von seinen Reisen nach Hause kam und ihn das erste Mal sah. Ysendas wilde Mutter, die von den berüchtigten Kriegerinnen von Rivenloch abstammte, hatte dem *Laird* mit dem Tod gedroht, wenn er ihrem geliebten Sohn auch nur ein Haar krümmen würde.

Neben ihr seufzte Caimbeul und legte seinen angeknabberten Haferkuchen ab. Ysenda folgte seinem Blick. Eine Gruppe kleiner Jungen spielte am Kamin. Sie machten

ihren großen Brüdern nach und verhöhnten Caimbeul wegen seines deutlichen Humpelns.

Sie umklammerte ihren Speisedolch noch fester und murmelte: „Diese albernen kleinen Mistkerle. Was erlauben sie sich nur?"

Er schmunzelte traurig und verzeihend. „Es sind doch nur Kinder, Ysenda. Sie wissen es nicht besser."

„Oh, ich würde sie gerne lehren", zischte sie mit zusammen gebissenen Zähnen. „Vielleicht schlitze ich sie auf und röste sie langsam über dem Julfest Feuer."

Das brachte ihn zum Lächeln. „Ach, Ihr hört Euch an wie unsere Mutter."

„Es ist respektlos", beharrte sie. „Ihr seid der Sohn des *Lairds*."

Tatsächlich war er der einzige Sohn des *Lairds*. Der Erstgeborene. Er sollte der Erbe des Clans sein. Aber er könnte genauso gut unsichtbar sein. Seine Gegenwart wurde bei Feierlichkeiten, wenn der erweiterte Clan die Halle füllte, erwartet. Er durfte neben Ysenda sitzen, wenn der *Laird* seine Töchter rechts und links neben sich sitzen ließ. Aber *Laird* Gille beachtete ihn gar nicht. Zwischen Caimbeul und seinem Vater hätte genauso gut eine hohe Mauer stehen können.

Trotzdem war es nur wenig einfühlsam von Ysenda, ihn daran zu erinnern. Sofort bereute sie ihre Worte.

Um es wiedergutzumachen und die Stimmung zu heben zwinkerte sie Caimbeul verschwörerisch zu. Und dann, als ihr Vater gerade nicht hinschaute, stahl sie eine Scheibe Wildschwein vom Teller des *Lairds* und legte sie auf Caimbeuls Teller.

Caimbeul grinste und begann zu essen.

Ysenda konnte nicht anders, als sein Grinsen zu erwidern. Wie irgendjemand den sanften Humor in Caimbeuls weichen braunen Augen übersehen und seine Freundlichkeit, seine Loyalität und seine liebenswürdige Art ignorieren konnte, war ihr unbegreiflich. Sie nahm an, dass die meisten Leute nicht weiter schauten, als auf seine missgestaltete Figur.

Ihn Caimbeul, was krummer Mund bedeutete, zu nennen, war noch höflich. Ehrlich gesagt gab es scheinbar nicht einen Knochen in seinem Körper, der gerade war. Er hatte einen Buckel, sein Rückgrat hatte die Form einer sich windenden Schlange, seine Hüfte war verdreht und eine Schulter war höher als die andere. Mit jedem Jahr wurde seine Verkrüppelung schlimmer, als wenn die grausamen Klauen eines Drachen ihn langsam umschlossen und seinen Körper noch verdrehter und nutzloser machten.

Die meisten Leute glaubten, dass auch sein Gehirn verdreht war, aber Ysenda wusste es besser. Er litt vielleicht unter Vernachlässigung, aber er war ein heller Kopf und hatte einen sarkastischen Humor.

Leider hatte ihr Vater es als Verschwendung gesehen, ihn irgendetwas zu lehren. Er sagte, dass der Junge sowieso jung sterben würde, sodass eine Erziehung zwecklos war.

Und es wurde noch schlimmer, als Caimbeul zwölf Jahre alt war und ihre kriegerische Mutter eine tödliche Wunde durch ein Schwert erlitt. Als sie im Sterben lag, zwang sie Ysenda zu schwören, dass sie sich um ihren älteren Bruder kümmern würde. Es war keine leichte Aufgabe für ein kleines Mädchen mit nur neun Jahren, aber Ysenda versprach es.

Sobald ihre Mutter begraben war, änderten sich die Dinge jedoch. Der *Laird* schämte sich des Jungen und verbannte ihn von der Burg. Er wurde weggeschickt, um in einer kleinen schilfgedeckten Hütte in der hintersten Ecke des Burghofs zu leben.

Rückblickend musste Ysenda zugeben, dass es wahrscheinlich das Beste gewesen war. Wenn der *Laird* betrunken war und Caimbeul ihm im Weg war, neigte ihr Vater dazu, seinen Frust und Zorn mit seinen Fäusten an dem Jungen auszulassen.

Zu dem Zeitpunkt hatte Ysenda jedoch geglaubt, dass das Exil ihres Bruders ungerecht war und da sie ihrer Mutter ein Versprechen gegeben hatte, konnte sie ihn auch nicht allein gehen lassen. Bei dem Gedanken, dass sie sowohl ihre Mutter als auch ihren angebeteten älteren Bruder verloren hatte, brach ihr das Herz und stur packte sie ihre Sachen zusammen, verließ die Burg und zog bei Caimbeul ein.

Ihr Vater merkte kaum, dass sie nicht mehr da war. Seine Aufmerksamkeit konzentrierte sich auf Cathalin, die einzige Tochter, die ihm Hoffnung machte. Cathalin war sein mittleres Kind, die Hübsche, diejenige, die heiraten und ihn beerben würde.

Ysenda hatte alles für Caimbeul getan, was möglich war. Sie hatte ihn lesen, schreiben und Buchhaltung gelehrt. Sie hatte dafür gesorgt, dass er alles über die Verwaltung des Haushalts lernte und welche Rolle jeder darin spielte. Sie hatte Gelehrte, die zu Besuch kamen, bestochen, dass sie ihn in Geschichte und Philosophie unterwiesen.

Caimbeul war vielleicht nicht mit einem mächtigen Körper gesegnet worden, aber im Wissen lag sehr viel Macht.

Und wenn er physische Verteidigung benötigte, eilte Ysenda zu seiner Rettung. Sie benutzte die kämpferischen Fähigkeiten, die ihre Mutter sie gelehrt hatte. So manch ein Junge bekam ein blaues Auge oder trug eine Verletzung am Schienbein davon, weil er es gewagt hatte, Ysendas geliebten Bruder zu verhöhnen. Ein paar lernten ihre Lektion sogar durch ihr Schwert.

Caimbeul stupste sie mit seinem knorrigen Ellbogen an, als sie ihm ein weiteres Stück Fleisch hinlegte. „Schaut." Mit einem breiten Grinsen nickte er in Richtung Tür. „Ich glaube, Ihr habt einen Bewunderer."

Ysenda blickte hoch. Ein großer, dunkler, gutaussehender Mann starrte sie an. Er war nicht wie ein Highlander gekleidet. Statt Hemd und Rock trug er einen langen, dunkelblauen Surcot mit einem an den Hüften gegurteten Wappenrock, sein brauner Umhang mit der Kapuze ließ darauf schließen, dass er gerade aus der Kälte hereingekommen war und auf seinen breiten Schultern und der Kapuze lagen noch Schneeflocken.

Er verzog den Mund zu einem Hauch von einem Lächeln und das alarmierte sie, aber deswegen fühlte sie sich nicht so unbehaglich.

Fürwahr, sie hatte ihn noch nie zuvor gesehen.

Ysenda war sich sicher, dass sie jeden in ihrem Clan und fast jeden in den benachbarten Clans kannte. Sie hätte sich an sein Gesicht erinnert. Er war beeindruckend und wie ein Krieger gebaut. Sein Haar war kohlrabenschwarz. Er hatte einen intensiven Blick, der eindringlich genug war, dass er damit Eisen hätte durchbohren können.

Was machte ein Fremder innerhalb der Burg?

Dann senkte er den Blick und sie schaute sich im Raum um.

Er war nicht allein. Ein halbes Dutzend fremder Männer waren in der ganzen Halle verteilt.

Wer waren sie? Und wie zum Teufel waren sie hereingekommen?

Sir Noël de Ware liebte die Julzeit.

Nicht nur war es der Geburtstag Christi, sondern auch sein eigener. Er liebte alles an dieser Zeit. Er liebte die Krippen in den Kirchen und die Lieder in den Hallen. Er aß gern Gans und trank gern gewürzten Wein. Am liebsten kuschelte er sich im Winterwetter an eine warme Frau an einem knisternden Feuer.

Darum war er unglücklich.

Anstatt die Julzeit in Frankreich zu genießen, saß er hier in den kalten Highlands fest und verfolgte seine zögerliche Braut.

König Philipp hatte ihm eine Ehefrau versprochen – das schönste Mädchen in Schottland, wenn man den Gerüchten Glauben schenken konnte. Sie stammte von den großartigen Kriegerinnen von Rivenloch ab und war die Erbin eines prächtigen schottischen Besitzes.

Aber sie hielt ihn nun schon seit Wochen mit Briefen und Entschuldigungen hin.

Einmal war sie krank.

Dann besuchte sie ihre Familie.

Dann war der Weg über den Berg unpassierbar.

Oder das Wasser im Fluss stand zu hoch.

Oder sie trauerte um ein verlorenes Kätzchen.

In der Zwischenzeit saß er im Grenzgebiet fest und wartete auf Nachricht, dass er kommen dürfte.

Schließlich hatte er die Geduld verloren. Er war es leid, darauf zu warten, dass das Mädchen beschloss, dass sie seine Gesellschaft wünschte.

Der König hatte ihm eine Braut aus den Highlands gegeben, damit das Bündnis zwischen Schottland und Frankreich auf diese Art und Weise weiterhin gesichert werden würde. König Philipp hatte vor kurzem Frieden mit Schottlands Feind, England, geschlossen. Das hatte natürlich für Unruhe unter den Schotten gesorgt. Die Tatsache, dass diese Highland Braut ihre Hochzeit verzögerte, zerrte nicht nur an Noëls Geduld, es war auch eine Belastung für den Frieden zwischen ihren Ländern.

Und auch wenn es archaisch erschien, hatte Noël beschlossen, offiziell seine Braut einzufordern.

Er war natürlich kein Narr. Die Schotten waren vielleicht Verbündete der Franzosen. Aber die Highlander waren eine ganz andere Sorte - wild und unberechenbar. Er konnte es sich nicht leisten, mit heruntergelassener Hose im eisigen Norden erwischt zu werden. Er hatte nur eine Handvoll Männer mitgebracht und war nur schlecht für einen Krieg gerüstet.

Also beschloss er, sein Hirn statt seiner Muskeln zu benutzen.

Er wählte die Julzeit für seine Ankunft. Zur Julzeit würden die Tore offenstehen. Die Burg wäre voller Menschen. Das Bier würde in Strömen fließen. Die Stimmung wäre gut. Niemand würde sich an ein paar fremden Gesichtern stören.

Wenn sie sicher drinnen waren, wollte Noël dem *Laird* verkünden, dass er keinen weiteren Tag ohne seine Verlobte aushalten könnte. Mit ein bisschen Glück würde die romantische Geste das Herz seiner Braut erweichen. Zumindest wäre es schwierig, ihn vor dem ganzen Clan abzuweisen.

Bis jetzt war alles nach Plan verlaufen. In diesem Augenblick verteilten er und seine Männer sich friedlich in der voll besetzten Halle. Sie hatten ihre Rüstung und ihre Schwerter vor den Toren zurückgelassen. Es gab keinen Grund, feindselig aufzutreten, aber als Vorsichtsmaßnahme hatten sie ihre Dolche griffbereit.

Er schaute sich in der Halle um und beschloss, dass das Mädchen, das rechts neben dem *Laird* saß, seine Verlobte sein musste.

Sie war so hübsch, wie er gehört hatte. Ihre Haut war modisch blass und ihre Wangen entsprechend rosig. Ihr rostrotes Haar war zu einem faszinierenden Labyrinth aufgetürmt, bei dem das Flechten der Zöpfe sicherlich Stunden gedauert hatte. Sie hielt ihr Kinn stolz, ihre gefärbten Lippen waren zu einem wissenden Halblächeln verzogen, der großzügige Ausschnitt ihres Gewands offenbarte feste, runde Brüste und in ihren Augen war ein raffiniertes, hinterlistiges Verlangen zu sehen, während sie an ihrem Bier nippte. Sie würde sogar in Frankreich, das voller Schönheiten war, für Aufsehen sorgen.

Dann glitt Noëls Blick zu dem Mädchen, das links neben dem *Laird* saß und sein Herz machte einen Satz.

Er musste sich geirrt haben. Zugegebenermaßen war das erste Mädchen unleugbar hübsch. Aber das Mädchen auf der

linken Seite war atemberaubend. Die Gerüchte stimmten. Er hatte noch nie irgendwo eine schönere Frau gesehen.

Ihre Haut glühte vor Gesundheit. Ihr langes rostrotes Haar glänzte im Kerzenlicht. Sie hatte große, bezaubernde Augen, ein spitzes Kinn und einen lieblichen Mund. Ihr graues Gewand schien um ihren zierlichen Körper herumzuwirbeln wie der Nebel in den Highlands.

Während er sie beobachtete, stahl das Mädchen einen Scheibe Fleisch vom Teller ihres Vaters. Mit einem listigen Grinsen gab sie es dem Mann neben ihr.

Noëls Lippen zuckten vor Heiterkeit. Scheinbar hatte seine Braut eine schalkhafte Art. Das freute ihn.

Fürwahr, während er beobachtete, wie das eigenwillige Mädchen von unter der Nase ihres Vaters noch mehr Essen stahl, kam ihm eine interessante Möglichkeit in den Sinn.

Noël hatte immer mit einer Heirat der politischen Zweckmäßigkeit gerechnet. Wie alle französischen Adligen diente er als Schachfigur für König Philip. Bündnisse wurden häufig durch strategische Hochzeiten etabliert. Liebe hatte nur wenig damit zu tun. Er könnte genauso an eine vertrocknete alte Frau oder ein Kind, wie auch an eine hübsche Frau in seinem Alter verheiratet werden.

Er war angenehm überrascht gewesen, als er erfuhr, dass seine Braut für ihre Schönheit berühmt war, aber die Idee, dass er seine beherzte Braut mögen könnte? Das war recht faszinierend.

Er schaute sie an, bis sie seinem Blick begegnete.

Aber anstatt sein freundliches Lächeln zu erwidern verschwand ihr Grinsen und sie betrachtete ihn mit Argwohn.

Da er keinen schlechten ersten Eindruck hinterlassen wollte, wandte er den Blick schnell ab. Als er wieder hochschaute, hatte sie ihren Platz am Tisch verlassen und kam entschlossen auf ihn zu.

Er richtete sich auf, schob die Kapuze seines Umhangs zurück und war bereit, alles Nötige zu sagen, um sicherzustellen, dass er die Highlands nicht ohne seine Braut wieder verließ. Er war allerdings in keiner Weise auf ihre unverblümte Art oder auf ihre großen, leuchtenden grauen Augen vorbereitet, die scheinbar bis in seine Seele blicken konnten.

„Wer seid Ihr?", murmelte sie leise in ihrer gälischen Sprache, während die Feierlichkeiten um sie herum weiter gingen. „Und was macht Ihr hier?"

Noël war von ihrer furchtlosen und direkten Art überrascht. Das Mädchen redete nicht lange um den heißen Brei herum. Auch schien es sie nicht einzuschüchtern, dass er sie um fast einen Fuß überragte.

„Ich habe Euch etwas gefragt", sagte sie ungeduldig.

Er unterdrückte ein Lächeln. Was war sie doch für ein dreistes Mädchen. Natürlich sprach Noël ihre Sprache, aber es war wichtig, dass seine Frau Französisch sprechen konnte. Seit der Eroberung durch die Normannen vor über einhundert Jahren sprachen die meisten Engländer und Schotten in den Lowlands Französisch und er plante, sie mit nach Hause nach Frankreich zu nehmen. Also antwortete er in seiner Muttersprache.

„Ich bin gekommen, um mit Eurem Vater zu sprechen, Mylady."

Zu seiner Zufriedenheit verstand sie ihn genau, aber stur

antwortete sie ihm in Gälisch. „So? Ihr habt meine erste Frage noch nicht beantwortet. Wer seid Ihr?"

Er lächelte. Schön, schalkhaft *und* klug. So langsam gefiel ihm die Aussicht, ein solch beherztes Mädchen zu heiraten. Tatsächlich war er versucht, sich herunter zu beugen und ihr einen Kuss zu stehlen.

Aber er war kein Narr. Er war schon mehrere Male zurückgewiesen worden. Es würde keine leichte Aufgabe sein, das Mädchen und ihren Vater davon zu überzeugen, dass sie der Heirat zustimmten. Noël würde vorsichtig sein müssen in seiner Vorgehensweise. Also würde er ihr jetzt erst einmal nachgeben und Gälisch sprechen.

„Ich würde lieber dem *Laird* antworten."

Selbstgefällig hob sie ihre zarten Augenbrauen. „Fürwahr? Und was macht Euch so sicher, dass er mit Euch sprechen will?"

„Meiner Einschätzung nach tut er das nicht", gab er zu.

Sie schaute stirnrunzelnd zu ihm hoch, aber selbst so sah sie entzückend wie das finstere Gesicht eines kleinen Adlers aus.

Er zwinkerte ihr zu und sagte im vertraulichen Ton: „Aber ich werde trotzdem mit ihm sprechen." Nun, da seine Männer überall verteilt waren, räusperte er sich, um zu allen in der Halle zu sprechen. „Darf ich um Eure Aufmerksamkeit bitten?"

Die Musiker hörten auf zu spielen und in der Halle wurde es still. Alle schauten ihn an. *Laird* Gille schaute finster von seinem Platz und sah auch aus wie der kleine Adler, bevor er seinen Becher auf den Tisch knallte, aufstand und sich zu voller Größe aufrichtete.

„Wer seid Ihr und was soll das bedeuten?"

Noël schaute zu seinen Männern, von denen jeder die Hand an den Griff seines Dolchs gelegt hatte. Dann verbeugte er sich respektvoll vor dem *Laird*.

„My *Laird*, ich bitte um Verzeihung, dass ich Euer Fest störe", sagte er. „Ich bin Sir Noël de Ware und bin gekommen, um die Braut, die mir von König William von Schottland und König Philipp von Frankreich versprochen wurde, in Besitz zu nehmen." Er lächelte und legte besitzergreifend eine Hand auf die Schulter des hübschen Mädchens neben ihm. „Ich konnte keinen Augenblick länger wegbleiben. Ich hoffte, dass meine Ankunft eine willkommene Julzeit Überraschung für Lady Cathalin sein würde."

Ysenda erstarrte. Cathalin? Er dachte, sie wäre Cathalin? Wie könnte irgendjemand sie irrtümlich für ihre schöne Schwester halten?

Am Haupttisch keuchte Cathalin - die echte Cathalin.

Ysenda hatte schon seit einiger Zeit Gerüchte über Sir Noël de Ware, den Verlobten ihrer Schwester, gehört. Er war ein edler französischer Krieger und wollte ihre Schwester mit nach Frankreich nehmen, dass sie dort in seiner Burg wohnen sollte. Nach dem Tod des *Laird* Gille würde Cathalin mit Lord de Ware zurückkehren, die Burg bewohnen und den Clan regieren.

Schon seit Wochen waren weder ihr Vater noch Cathalin besonders glücklich über die Vereinbarung. Fürwahr, es gab ein Bündnis zwischen Schottland und Frankreich. Aber *Laird* Gille traute den Schotten im Grenzgebiet nicht und schon gar

nicht den Normannen. Er wollte, dass ein Highlander sein Land und seinen Titel erbte und so hatte er den Befehl des Königs ignoriert. Er hatte geplant, Cathalin schnell mit einem Highland *Laird* zu verheiraten, bevor ihr normannischer Verlobter kam.

Aber der Highlander war noch nicht gekommen.

Und jetzt war der Normanne da.

Und er hielt Ysenda irrtümlich für seine Braut.

Als er Cathalin keuchen hörte, beruhigte Sir Noël sie schnell. „Es gibt keinen Grund zur Sorge, Mylady. Ich schwöre, dass ich mich gut um Eure Schwester kümmern werde." Liebevoll blickte er auf Ysenda herunter. „Ich werde die Lady Cathalin ehren und mit meinem Leben beschützen."

In der Halle herrschte eine unbehagliche Stille.

Ysenda löste sich von dem Ritter. Dies war nicht in Ordnung. Auch wenn ihre Schwester und ihr Vater eine Heirat zwischen Cathalin und Sir Noël vielleicht nicht wollten, hatten zwei Könige es nun mal so befohlen. Ysenda würde bei einer solchen Täuschung, die einem Hochverrat gleichkam, nicht mitmachen.

„Ich fürchte, Ihr habt einen Fehler gemacht", sagte sie zu dem Normannen. „Ich bin nicht ..."

„Tochter!", rief ihr Vater laut.

Zum ersten Mal in seinem Leben legte *Laird* Gille seinen Arm freundschaftlich um Caimbeuls Schultern. Caimbeul schaute verwirrt und voller Hoffnung, als wenn sein Vater plötzlich gemerkt hätte, dass er einen Sohn hatte, den er sehr liebte.

Nur Ysenda bemerkte den Speisedolch in der Hand des *Lairds*, der nur einen Zoll von Caimbeuls Hals entfernt war.

Die Drohung, die in den Augen ihres Vaters glitzerte, war nicht zu übersehen.

„Cathalin, Liebes", sagte er und sprach Ysenda an. Niemand in der Halle berichtigte ihn, noch nicht einmal Cathalin selbst. Sie biss sich nur auf die Lippe und starrte in ihr Bier. „Es ist kein Fehler. Es ist der Befehl des Königs und was habt Ihr für ein Glück, dass Euer Verlobter zur Julzeit kommt. Ihr beide werdet eine Hochzeit haben, die eines Königs würdig wäre."

Ysenda blinzelte ungläubig. Wollte ihr Vater sie tatsächlich als Cathalin ausgeben? Konnte der Normanne nicht sehen, dass ihre Schwester die hübsche war? Sie wartete, dass sich jemand meldete und sagte, dass alles nur ein Scherz wäre.

Aber niemand meldete sich. Keiner wollte dem *Laird* widersprechen. Caimbeul merkte nun, dass sein Vater ihm ein Messer an den Hals hielt. Sie wussten beide, dass wenn er auch nur ein Wort sagte, der *Laird* nicht zögern würde, ihn zu töten.

Schließlich stand ihre Schwester auf, hob ihren Becher und sagte: „Herzlichen Glückwunsch, Cathalin, liebe Schwester. Niemand hat diese große Ehre mehr verdient als Ihr und niemand könnte sich mehr für Euch freuen als ich."

Ysenda senkte den Blick. Kein Zweifel. Es hätte nicht besser für ihre Schwester laufen können. Scheinbar würde Cathalin einen Highlander zum Ehemann bekommen, wie sowohl sie als auch ihr Vater es wollten, während Ysenda dem Normannen geopfert werden würde.

Schlimmer noch, niemand im Clan war mutig genug, zu ihrer Verteidigung zu kommen. Sie wurde den Wölfen als

Futter vorgeworfen und es gab nichts, was sie dagegen tun konnte.

Aber was dachte sich ihr Vater dabei? Sir Noël hatte offensichtlich zugestimmt, Cathalin für den Titel und das Land, das sie mitbrachte, zu heiraten. Was würde passieren, wenn er entdeckte, dass er keines von beidem erben würde? Und was würde passieren, wenn die beiden Könige herausfanden, dass ihr Bündnis sabotiert worden war?

Scheinbar riskierte *Laird* Gille Krieg.

Hier und da begannen die Leute des Clans vorsichtig ihre Glückwünsche zu rufen. Der *Laird* nickte den Musikern zu, dass sie wieder spielen sollten. Alle aßen und tanzten und feierten weiter und hießen die Normannen zu ihrem Fest willkommen. Und ihr Vater winkte Sir Noël mit einer Handbewegung nach vorn.

Der Normanne bot Ysenda seinen Arm. Sie wagte es nicht, ihm diesen zu verweigern aus Angst, dass sie Caimbeul in Gefahr bringen würde, also legte sie ihren Unterarm leicht auf seinen.

Sie versuchte, nicht in Panik zu geraten. Sicherlich meinte ihr Vater das nicht ernst. Er würde nicht wirklich dem König trotzen. Sicherlich würde er die echte Cathalin mit diesem Normannen verheiraten. Seine stolze Angeberei, für ihre Schwester einen echten *Laird* aus den Highlands zu finden, war wirklich nur Angeberei.

Der *Laird* könnte die Wahrheit nicht ewig vor Sir Noël verbergen. Er musste doch wissen, dass in dem Augenblick, wenn Ysenda wusste, dass Caimbeul in Sicherheit war, sie dem Normannen beichten würde, dass sie nicht seine wahre Braut war. Schließlich war es besser, den Zorn ihres

Vaters als den Zorn zweier Könige zu erregen.

Außerdem überlegte sie, als sie einen kurzen Blick auf den Ritter warf, der sie nach vorn begleitete, sollte ihre Schwester dankbar sein. Viele politische Bündnisse wurden mit tatterigen, alten Männern gemacht. Zumindest war Sir Noël gesund und gut aussehend. Er hatte breite Schultern und dichtes lockiges Haar sowie ein starkes Kinn und seine dunklen Augen funkelten vor Lebensfreude. Er sprach sogar perfekt Gälisch.

Laird Gille kniff die Augen zusammen bei dem Normannen. „Ihr seid also derjenige, der meinen wertvollsten Preis holen will."

Sir Noël blickte auf Ysenda herab. Die zärtliche Aufrichtigkeit in seinen Augen ließ ihr Herz flattern. „Ich fühle mich geehrt, dass sie mir anvertraut wird."

Laird Gille brach in lautes Gelächter aus. „Ich meinte meine Burg." Er nahm seinen Becher mit der freien Hand, die keinen Dolch an Caimbeuls Hals hielt. „Aber aye, ich nehme an, dass meine Tochter auch ein wertvoller Preis ist." Er trank und Schaum tropfte über seinen Bart.

Sir Noël lächelte sie an. „Sie ist noch schöner, als ich mir vorgestellt habe."

Ysenda stockte der Atem. Er konnte nicht sie damit meinen. Hatte er überhaupt seine echte Verlobte angesehen? Cathalin war makellos. Neben ihrer perfekten Schwester, die wie eine schöne Rose war, sah Ysenda wie eine gemeine Distel aus.

Nach Cathalins säuerlichen Miene zu urteilen, fühlte sie sich gekränkt; dass jemand Ysendas Aussehen lobte, während Cathalin sich im Raum befand, war undenkbar.

Ysenda konnte schon fast sehen, wie Rauch aus den perfekten Ohren ihrer Schwester strömte.

Ehrlich gesagt war es angenehm, dass ein gutaussehender Mann sie mit so viel Wertschätzung betrachtete. Noch nie hatte irgendjemand Ysenda so angeschaut. Sie war es gewöhnt, sich im Schatten ihrer atemberaubenden Schwester zu verstecken.

Natürlich würde der verzauberte Blick auf dem Gesicht des Normannen verschwinden, wenn er erfuhr, dass seine Braut ohne Erbe kam, aber sie würde ihm die schlechte Nachricht erst geben, wenn Caimbeul außerhalb der Reichweite ihres Vaters war.

In der Zwischenzeit schaute ihr Bruder finster voller Frustration. Sie konnte sehen, dass er ihr helfen wollte, aber er wagte es nicht. Ein Ausrutscher mit dem Messer und er würde niemandem mehr nützen. Ihr Vater hatte viel getrunken. Er könnte etwas Dummes, etwas Voreiliges tun; etwas, das er nicht rückgängig machen könnte ...

„Warum warten?", brüllte der *Laird*. „Los! Wir wollen die Hochzeit jetzt sofort durchführen!"

Einfach so.

KAPITEL 2

Sir Noël hätte mit der Idee des *Lairds* wohl kaum zufriedener sein können. Die wochenlange Planung einer aufwändigen Zeremonie wäre ihm als Zeitverschwendung vorgekommen.

Das Verlöbnis war bereits erledigt. Der *Laird* hatte der Hochzeit zugestimmt. Es stand bereits ein feines Festmahl auf dem Tisch. Warum sollte man es nicht hinter sich bringen?

Außerdem hatte er genug von seiner Braut gesehen, dass er annehmen konnte, dass sich unter all der Wolle ein herrlicher Körper befand. Je schneller die Hochzeit, desto schneller das Beiliegen.

Dann blickte er hinunter zu seiner Braut.

In ihren silbrigen Augen war Panik zu sehen.

„Schon so bald?", krächzte sie.

Besorgt legte er seine Hand auf ihre. Offensichtlich gefiel ihr die Eile nicht. Aber warum?

Sicherlich war sie darauf vorbereitet worden, eine Ehefrau zu werden. Es sollte keine Überraschung für sie

sein. Sie wusste schon seit einiger Zeit über das Verlöbnis Bescheid.

Fand sie ihn nicht passend?

Fürwahr, er war kein blonder Adonis. Er hatte ein paar Narben von verschiedenen Schlachten und man hatte ihm gesagt, dass er manchmal wild und bedrohlich aussehen konnte.

Aber er war jung und stark und in der Lage, die Ehre einer Dame zu verteidigen und die meisten Frauen fanden ihn recht attraktiv.

„Was ist los?", fragte er sie leise.

Der *Laird* antwortete an ihrer Stelle. „Ach, sie ist nur eine verängstigte Braut. Umso mehr Grund, es schnell hinter sich zu bringen, nicht wahr?"

Seine Braut wurde noch verstörter, aber sie konnte scheinbar nicht die Worte finden, ihm den Grund dafür zu erklären. „Wartet. Ich bin nicht ... Ihr könnt nicht ... dies ist nicht ... Vater, bitte ... versteht Ihr denn nicht, dass es die Sache nur schlimmer macht, wenn Ihr –"

„Sir Noël, ich möchte Euch Eure Familie vorstellen", unterbrach der *Laird*. Er wandte sich zu seiner zweiten Tochter, die unruhig neben ihm saß. „Dies ist Cathalins Schwester, Ysenda."

„Mylady, es ist mir eine Ehre." Noël verneigte sich leicht.

Der *Laird* zeigte auf einen Bär von einem Mann mit rotem Bart. „Das ist der Sohn meiner Schwester, Cormac." Dann zeigte er auf eine kleinere Version von Cormac. „Und das ist Dubne, sein Bruder." Er zeigte mit der Hand auf drei Mädchen mit lockigen Haaren, die untereinander

tuschelten. „Und die drei Schwatztanten sind ihre Töchter—Bethac, Ete und Gruoch.”

„Meine Damen.“ Noël neigte seinen Kopf. „Meine Herren. Es freut mich, Euch kennenzulernen.“

Er wusste schon nicht mehr, wer wer war. Die meisten von ihnen waren klein und kräftig gebaut, außerdem hatten fast alle rotbraunes Haar und die Mehrzahl von ihnen war betrunken. Schließlich wandte er seine Aufmerksamkeit dem jungen Mann zu, um dessen Hals der *Laird* seinen Arm gelegt hatte und wartete auf eine Vorstellung. „Und Ihr?“

„Dies? Dies ist Caimbeul.“

Noël konnte sehen, dass mit dem Jungen etwas nicht stimmte. Sein Körper war schrecklich missgestaltet, aber das war nicht alles. Der junge Mann runzelte die Stirn vor Verzweiflung. Vielleicht lag es daran, weil der *Laird* gefährlich nahe am Hals des Mannes mit dem Dolch herumfuchtelte.

„Caimbeul”, wiederholte Noël.

„Sir“, antwortete der Mann gezwungen.

Bevor der *Laird* fortfahren konnte, unterbrach ihn seine Braut. „Vater, bitte hört mir zu.“ Ihre Worte sprudelten aus ihr heraus, wie die augenscheinlich ruhige Oberfläche eines aufgewühlten Flusses. „Ich glaube, es wäre am besten, wenn wir es zumindest bis morgen verschieben, damit Ihr ...“

„Unsinn, Tochter“, schimpfte der *Laird*. „Seht Ihr nicht, wie begierig Euer Verlobter ist, Euch endlich an seiner Seite zu haben?“

„Aber ...“

„Und er ist den ganzen Weg aus Frankreich gekommen."

„Aye, aber ..."

„Ich will nichts mehr davon hören. Es ist am besten, dass Ihr jetzt hier an Ort und Stelle heiratet." Dann drehte er sich, dass er fast Nase an Nase mit Caimbeul war. „Meint Ihr nicht auch?"

Noëls Braut senkte daraufhin den Kopf. Aber sie tat dies nicht als Zeichen der Unterwerfung. Ihre Augen schossen hin und her, als wenn sie versuchte, einen schlauen Plan auszuhecken.

„Mylady?", fragte Noël leise in Französisch. „Ist dies nicht Euer Wunsch?"

Sie hob den Blick. In ihren Augen sah man alle Farben eines Winterhimmels, von unheilvollem Zinn bis zu stürmischem grau und gelassenem Silber. Wie schön es sein müsse, jeden Tag für den Rest seines Lebens in diese Augen zu blicken und dabei die wechselnde Färbung und Stimmung zu beobachten.

Dann schaute sie wieder zu ihrem Vater, der Caimbeul immer noch besitzergreifend festhielt.

„Bitte, Vater. Bitte nicht ..."

„Ihr macht, was ich sage, Mädchen", schimpfte ihr Vater. „Ihr kennt Euren Platz. Wir müssen alle Opfer bringen. Schaut Euch die arme Ysenda an. Selbst wenn das unscheinbare Weib es irgendwie schafft, sich einen Ehemann zu schnappen ..." Er hielt inne und seine Augen funkelten und Noël war sich sicher, dass der *Laird* scherzte. Das Mädchen war fast so schön wie ihre Schwester, selbst wenn sie finster blickte wie jetzt. „Es wird wahrscheinlich nicht mehr als ein Schafhirte aus den Highlands werden. Aber Ihr ... Ihr werdet die Frau eines normannischen Lords. Ihr werdet Lady Cathalin de Ware."

Noëls Braut ballte jetzt ihre Hand zur Faust. „Aber Vater, der Wille des Königs ...".

„Ruhe! Ich will nichts mehr hören!", unterbrach ihr Vater sie und umklammerte den Mann noch fester. „Ihr solltet Euch wie Caimbeul verhalten. Er weiß, wann er zu schweigen hat. Nicht wahr, Junge?"

Caimbeul senkte den Blick vor Zorn und Scham. Inzwischen vergrub Ysenda ihre Finger in Noëls Unterarm.

Noël war sich nicht ganz sicher, was los war. Hatte Caimbeul etwas gegen die Hochzeit? Der Mann hatte neben seiner Braut gesessen. War es möglich, dass er ihr gegenüber Gefühle hegte? Und erwiderte sie diese Gefühle? Vielleicht zog sie den schottischen Jungen mit dem netten Gesicht trotz seines verkrüppelten Körpers vor.

Er war überrascht, als Eifersucht in ihm aufstieg und plötzlich sehnte sich Noël danach, seine Braut weg von diesem Ort zu bringen. Die Idee, dass ein anderer sich nach seiner Frau sehnte, gefiel ihm nicht.

Und er mochte *Laird* Gille nicht. Im gefiel die Tatsache nicht, dass er völlig betrunken war. Er mochte es nicht, wie er seine Tochter dauernd unterbrach oder wie er Caimbeul anfasste. Tatsächlich würde Noël lieber so weit wie möglich von dem Highland Besitz fernbleiben, bis der *Laird* gestorben war und seine Burg aufgab.

Aber zu seinem eigenen Erstaunen wollte er mehr als alles andere seine Braut glücklich machen.

Er flüsterte nur für ihre Ohren. „Mylady, stimmt etwas

nicht? Findet Ihr eine Ehe mit mir abstoßend? Habt Ihr Angst vor mir? Ich verspreche, dass ich Euch nicht schlagen werde." Dann fiel ihm noch etwas anderes ein. „Habt Ihr Angst vor der Hochzeitsnacht? Ist es das?"

Wieder sah er die Berechnung in ihren Augen, als würde sie die Spreu vom Weizen trennen. Sie wandte sich mit neuer Entschlossenheit zu ihm.

„Aye", beschloss sie. „Das ist es. Ich habe Angst vor der Hochzeitsnacht." Ihre Augen leuchteten jetzt eifrig, während sie seinen Ärmel mit beiden Händen ergriff. „Wenn Ihr versprecht, heute Nacht nicht bei mir zu liegen, bin ich zu der Hochzeit bereit."

Sie führte etwas im Schilde. Das konnte er sehen. Er bezweifelte, dass das unerschrockene Mädchen vor irgendetwas Angst hatte. Aber auch wenn ihm die Idee nicht gefiel, denn sein Körper rührte sich bereits vor Verlangen nach ihr – wenn sie es so wollte, könnte er noch einen Tag warten.

„Wie Ihr wünscht", sagte er.

Ysenda seufzte erleichtert. Sie hatte einen Tag gewonnen. Keine Hochzeit war offiziell, bis die Ehe nicht vollzogen worden war. Morgen, wenn ihr Vater wieder nüchtern war, würde er merken, was für einen großen Fehler er gemacht hatte und es in Ordnung bringen. Diese Farce von einer Hochzeit würde annulliert werden und die echte Cathalin würde ihren Platz als Noëls Braut einnehmen.

Ein Teil von ihr war nicht so glücklich darüber. Schon jetzt erkannte sie, dass Sir Noël zu gut für ihre Schwester

war. Cathalin war selbstsüchtig und verwöhnt und sie war es gewöhnt, ihren Willen zu bekommen. Noël war rücksichtsvoll, edel und höflich. Er würde wahrscheinlich versuchen, es ihr recht zu machen und sie würde ihn ausnutzen.

Cathalin würde seine vornehme Art niemals wertschätzen. Sie war rücksichtslose Highlander gewöhnt, die sich das nahmen, was sie wollten. Sie würde Noëls Freundlichkeit wahrscheinlich als Schwäche sehen und ihn bei jeder Gelegenheit herabsetzen.

Es war wirklich schade. Aber Ysenda konnte nichts dagegen sagen. Sie war die jüngste Tochter und ohne Macht und ohne Stimme.

Noch hielt ihr Vater einen Dolch an Caimbeuls Hals. Offensichtlich erwartete er nicht, dass Ysenda die Zeremonie freiwillig über sich ergehen lassen würde.

Aber jetzt hatte sie das Versprechen des Normannen und sie vertraute dem Wort eines edlen Ritters und daher wusste sie, dass sie zumindest für heute Nacht sicher war. Also würde sie ihrem Vater nachgeben und das verdammte Eheversprechen aufsagen.

Die Zeremonie würde kurz sein, zweifellos kürzer als die aufwändigen Hochzeiten in Frankreich. Die Highlander hatten nur wenig Sinn für Religion und keine Geduld, auf die Genehmigung der Kirche bei ihren Verbindungen zu warten. Die Ehe wurde einfach im gegenseitigen Einvernehmen geschlossen.

Noëls Männer gaben eine prächtige Erscheinung ab, als sie sich um ihn versammelten. Sie waren groß, kräftig gebaut und ernst und zurückhaltend in ihrer Art. Ysenda

fand, dass sie aussahen, als würden sie sofort ihren Dolch ziehen und mit jedem kämpfen, der sie auch nur schief ansah.

Sie war sich nicht sicher warum, aber sie fand es tröstlich.

Sir Noël hatte den Ehevertrag dabei. Einer seiner Männer rollte ihn zwischen dem Hirschbraten und dem geräucherten Schafsfleisch auf und stellte eine Feder und Tinte dazu. Sir Noël und *Laird* Gille setzten ihr Zeichen auf das Dokument.

Ysenda schluckte schwer. Das dicke schwarze Gekritzel auf dem Pergament ließ die Hochzeit nur allzu real ... und dauerhaft erscheinen.

Bevor die Tinte überhaupt getrocknet war, stand *Laird* Gille auf, um die Zeremonie vorzunehmen und wieder wurde es still in der Halle.

„Nehmt Euch an der Hand", wies er sie an.

Sir Noël stand ihr gegenüber und ergriff ihre rechte Hand, die sich in seiner winzig anfühlte. Sie spürte die Schwielen, was darauf hinwies, dass dies die Schwerthand eines erfahrenen Kriegers war. Seine Handfläche war warm und trocken. Sie fürchtete, dass ihre eigene geschwitzt war. Und doch war an seinem Griff etwas Beruhigendes.

„Hier", sagte ihre Schwester und zog ein langes violettes Band aus ihrem Haar und reichte es nach vorn. „Für das Versprechen."

Ihr Vater wickelte das Band um ihre verbundenen Hände und band es locker zusammen.

Dann hob sie ihr Gesicht um ihren Bräutigam anzuschauen. Sie war überrascht. In dem dunklen Licht

hatte sie angenommen, dass seine Augen braun wären, aber von so nah konnte sie jetzt sehen, dass sie eigentlich blau waren – so blau und tief wie der Ozean und so dunkel wie die einbrechende Nacht. Einen Augenblick lang starrte sie ihn nur an und war in dem Himmel seines Blicks verloren.

Und dann sah sie, dass er unsicher wartete, während die Stille sich zog.

„Sagt Euren Spruch, Junge", drängte *Laird* Gille.

Eine winzige Falte bildete sich zwischen Noëls Augenbrauen. Ysenda wurde klar, dass er die Versprechen für diese Zeremonie nicht kannte. In Frankreich machten sie so etwas wahrscheinlich nicht. Es lag also an ihr.

Ihre Stimme zitterte und sie begann. „Ich, Lady Ysen-", sie errötete, als sie ihren Fehler bemerkte. Sie hustete, um ihren Fehler zu überdecken und flüsterte zu Noël, „verzeiht mir. Ich bin ein wenig aufgeregt." Dann räusperte sie sich und fing noch einmal an. „Ich, Lady Cathalin, Frau von Rivenloch, nehme euch, Sir … Noël de Ware … zu meinem mir angetrauten Ehemann, bis dass der Tod uns scheidet. Das gelobe ich feierlich."

Sie schluckte. Das war nicht so schwer gewesen und doch waren diese einfachen Worte so gewichtig.

Seine Stimme hörte sich viel sicherer an als ihre. „Ich, Sir Noël de Ware, nehme Euch, Lady Cathalin Gille, Frau von Rivenloch, zu meiner Braut—"

„Zu meiner mir angetrauten Ehefrau", verbesserte sie ihn murmelnd.

„Zu meiner mir angetrauten Ehefrau … bis der Tod … kommt …"

Sie unterdrückte ein Kichern. „Bis dass der Tod uns scheidet."

„Bis dass der Tod uns scheidet ..."

„Und das gelobe ich feierlich", sagte sie ihm vor.

„Aye", sagte er und endete mit einem triumphierenden Lächeln, „und das gelobe ich feierlich."

„Dann ist es also verbracht", sagte ihr Vater zufrieden und klatschte in die Hände.

Ysenda hörte ihn kaum. Sie konzentrierte sich auf den Mann vor ihr – der Mann, der irgendwie auf unwahrscheinliche Art und Weise gerade ihr Ehemann geworden war. Seine Augen leuchteten herzlich, sein Lächeln fesselte sie und als er mit dem Daumen sanft über ihre verbundenen Hände strich, kribbelte es seltsam in ihren Adern.

Der *Laird* hob einen Becher Bier zum Trinkspruch und der Clan tat es ihm jubelnd nach.

Aber Noël war noch nicht fertig. Er streckte die Hand zu dem Mann links von ihm aus und dieser legte einen goldenen Ring in seine Handfläche. Er wickelte das Handfeste Band ab, um ihre Hand zu befreien. Dann steckte Noël den Ring vorsichtig an Ysendas dritten Finger.

Sie starrte darauf herab. Er war schwer und der Kopf eines Wolfes war darauf graviert.

„Das ist der große Wolf von de Ware", erklärte er ihr.

Sie biss sich auf die Lippe und war beunruhigt von seinem finsteren Gesicht. Der Ring saß lose an ihrem Finger. Sie hoffte, dass er nicht abrutschen und sie ihn nicht verlieren würde, denn er gehörte rechtmäßig Cathalin.

Er beugte den Kopf, um ihr zu zu murmeln: „Ich verspreche Euch, Mylady, dass Ihr ab dem heutigen Tag unter dem Schutz des Wolfes steht."

Einen kurzen Augenblick lang wünschte sie sich, dass das stimmen könnte. Sie hätte gerne eine Armee wilder und wölfischer Ritter zu ihrer Verfügung.

Sie lächelte ihn zögerlich an und er grinste zurück, dass ihr Herz aussetzte, aber das hier war Cathalins Ehemann und nicht ihrer. Ein Teil von ihr brannte vor Eifersucht angesichts dieser Tatsache.

Er hielt immer noch die Finger ihrer rechten Hand umklammert, als er die linke Hand hob, um sie an ihre Wange zu legen. Er hob ihren Kopf, sodass sie ihn anschauen musste. Seine dunklen Augen glühten wie brennende Kohlen. Sie konnte kaum atmen. Er strich mit dem Daumen über ihre Mundwinkel und brachte sie dazu, den Mund zu öffnen. In einem sinnlichen Taumel entspannte sie ihren Kiefer, während sich ihr Blick auf seinen verführerischen Mund senkte.

Er wollte sie küssen.

Cathalins Bräutigam wollte sie küssen.

Sie hätte ihn aufhalten sollen. Aber für ihren Bruder musste sie diese Sache zu Ende spielen.

Zumindest sagte sie sich das, während er immer näherkam.

Aber das stimmte nicht ganz.

Sie wollte sehen, wie es sich anfühlte, einen Mann zu küssen und zumindest wollte sie einen Augenblick lang vortäuschen, dass sie ebenso wertvoll und begehrenswert war wie ihre Schwester.

Als er ihre Lippen berührte, schien der jubelnde Clan zu schwinden. Jetzt gab es nur noch sie beide, die durch ihre Hände und suchenden Münder verbunden waren. Sie schloss die Augen. Sein Atem auf ihrer Wange ließ sie vor Glückseligkeit erschaudern.

Und dann neigte er den Kopf noch mehr und erhöhte den süßen Druck.

Sie hatte aufgrund seiner respekteinflößenden Erscheinung erwartet, dass sein Kuss rau und aggressiv sein würde, aber irgendwie zügelte der Krieger seine Kraft. Seine Lippen waren weich, zart und erfahren. Seine Fingerspitzen streichelten sanft über das empfindliche Fleisch unter ihrem Ohr und das Gefühl ließ sie erbeben.

Während er sie küsste, verschlang er die Finger seiner rechten Hand mit ihren und zog sie näher, bis ihre verschlungenen Hände einen Liebesknoten zwischen ihren Herzen bildeten. Ysenda fühlte sich wie warmes Kerzenwachs und schmolz in ihn hinein. Ihr Herz raste. Ein leises, erfreutes Stöhnen war in ihrem Hals zu hören, während er seinen Kopf neigte, um den Kuss zu vertiefen.

Noël wünschte sich, dass der Kuss niemals enden würde.

Es war verrückt – diese starke unerklärliche Anziehungskraft, die er seiner neuen Braut gegenüber fühlte. Sein Herz schlug heftig, sein Mund war gierig und er traute sich nicht, darüber nachzudenken, was unterhalb seiner Gürtellinie passierte.

Er nahm an, dass er schon bald aufhören sollte. Er war sich noch nicht einmal sicher, ob öffentliches Küssen unter

den Highlandern passend und schicklich war, aber er konnte sich einfach nicht losreißen.

Lady Cathalin war unwiderstehlich. Weich und lieblich, jung und schön, leidenschaftlich und willig.

Sie war das beste Julgeschenk, das er jemals erhalten hatte.

Er wusste nicht, was er getan hatte, dass er einen solchen Schatz verdiente.

Aber jetzt gehörte sie ihm.

Und er hatte nicht vor, sie jemals wieder gehen zu lassen.

KAPITEL 3

Erst als seine Männer und der Clan sie verhöhnten und anstupsten, lösten sie sich schließlich voneinander. Als Noël erhitzt und atemlos auf seine Braut blickte, schien es, als wäre sie ebenso verwirrt wie er.

Ihre Wangen waren gerötet, ihre silbrigen Augen glitzerten vor Verlangen, sie hob ihre zitternden Finger an ihre rosigen Lippen und wenn er sie nicht an der Hand festgehalten hätte, wäre sie vielleicht nach hinten gestolpert vor schwindelerregendem Erstaunen.

Der Gedanke bereitete ihm ein riesiges Vergnügen. Er verzog den Mund zu einem Lächeln, während er auf sie herabschaute. Er kämpfte gegen den mächtigen Drang, sie hochzuheben, die Treppe hinauf zu bringen und sofort seine ehelichen Rechte einzufordern.

Aber er hatte versprochen, dass er es nicht tun würde, zumindest nicht heute Nacht und wenn die Ritter von de Ware für eines außer ihrem gesunden Appetit für Frauen bekannt waren, dann war es für ihre Ehre.

Also legte er das Ungeheuer in seiner Hose an die Leine und trat mit einem respektvollen Nicken zurück.

„Esst! Trinkt!", rief der *Laird*. „Ihr werdet Eure Kraft heute Nacht brauchen, Junge, um Euer Schwert zu schwingen." Er machte eine anzügliche Geste, die für raues Gelächter sorgte und seine neue Braut erröten ließ.

Noël, der plötzlich spürte, wie sein Beschützerinstinkt in ihm aufstieg, biss die Zähne zusammen. Niemand, insbesondere nicht ihr eigener Vater, sollte so grob in der Gegenwart einer Dame sprechen.

Aber er wollte sie nicht noch mehr aufregen und daher würde er den *Laird* nicht wegen seines Mangels an Höflichkeit herausfordern. Trotzdem war er geneigt, seine Frau und seine Männer zu nehmen und die Burg sofort zu verlassen.

Aber vorerst gab er sich damit zufrieden, sie an ihren Platz am Tisch zu führen und sich zwischen sie und ihren Vater zu setzen, damit er sie vor den vulgären Bemerkungen des betrunkenen *Lairds* beschützen könnte. Seine ohnehin schon ängstliche Braut brauchte nicht noch mehr, um ihre Angst zu schüren.

Und er keine weitere Verzögerung.

Noël hatte den Vollzug seiner Ehe um einen Tag verschoben, aber mehr als das grenzte schon an Unzumutbarkeit. Er wollte nach Hause. Außerdem, wenn seine Frau Gefühle für den jungen Mann, Caimbeul, hegte, dann war es wahrscheinlich am besten, die Sache schnell und sauber zu beenden.

Trotzdem wusste er, dass er nicht gehen konnte, bis ihre Ehe nicht offiziell war und daher beabsichtigte er, seine nicht unwesentlichen Verführungskünste einzusetzen, um sicherzugehen, dass er morgen Abend bei einer sehr willigen Braut liegen würde.

Ysenda war immer noch schwindelig von diesem welterschütternden Kuss, als Caimbeul sich offensichtlich aufgeregt zu ihr neigte.

„Oh Schwester, warum?", flüsterte er verzweifelt. „Warum habt Ihr das getan? Warum habt Ihr zugestimmt, ihn zu heiraten?"

Sie legte eine tröstende Hand auf den Unterarm ihres Bruders. „Caimbeul, ich konnte nicht zulassen, dass Ihr verletzt werdet."

Er sah jämmerlich aus. „Ich würde lieber sterben, als Euch mit einem Fremden verheiratet zu sehen."

„Alles wird gut. Ihr werdet sehen", versprach sie leise murmelnd und hoffte, dass sie Recht hatte. „Der Normanne hat versprochen, mich heute Nacht nicht anzurühren. Die Hochzeit wird ungültig sein. Morgen wird Vater seinen Irrtum einsehen und ihm wird klar werden, dass er dem König nicht trotzen kann. Alles wird im Nu rückgängig gemacht werden."

Caimbeul sah noch nicht überzeugt aus, insbesondere, als er an ihr vorbei zu Sir Noël blickte, aber er nickte. „Versprecht, dass Ihr es nicht zulasst, dass er Euch berührt."

Sie grinste ihn verschwörerisch an. „Ich werde mit dem Dolch in der Hand schlafen."

Aber Caimbeul erwiderte ihr Lächeln nicht.

Im nächsten Augenblick zogen Noëls Männer ihre Aufmerksamkeit auf sich. Wie durch Zauberei brachten sie ein Fass Wein herbei. Noël sagte, dass es der feinste Wein aus Bordeaux sei, den er mit seinem neuen Clan nun teilen wollte.

Ysenda war sowohl von der Geste als auch von dem Wein beeindruckt. Sie hatte noch nie Wein getrunken. In den Highlands tranken sie Apfelwein, Bier und bei besonderen Gelegenheiten Met.

Noël füllte einen Becher für sie beide, den sie teilen sollten. Sie trank einen Schluck der rubinroten Flüssigkeit. Sie war klar, weich und süß. Und sie war recht stark.

Sie reichte den Becher zurück an Noël. Er legte seine Hände über ihre, um zu trinken. Seine schwieligen Handflächen waren warm auf ihrem Handrücken. Sie spürte, wie die Wärme in ihre Arme, ihren Hals und in ihr Gesicht stieg.

Vielleicht war der Wein doch stärker als sie dachte.

Er schaute sie an als er schluckte. Seine nachtblauen Augen funkelten vor Freude.

Als er den Becher absetzte, hing noch ein Tropfen des Rotweins an seinen Lippen. Ysenda kämpfte gegen das Verlangen, ihn mit einem Kuss zu stehlen. Dankenswerterweise wischte er ihn weg, bevor sie etwas so Gewagtes tun konnte.

Seine Hände umfassten immer noch ihre an dem Becher und sie verspürte keine Eile, sie abzuschütteln.

„Schmeckt er Euch?", murmelte er und senkte seinen verschwommenen Blick auf ihre Lippen.

Sie schluckte. „Aye."

Sein Mund verzog sich zu einem schiefen Lächeln. „Möchtet Ihr mehr?"

Oh aye, dachte sie und betrachtete seinen lieblichen Mund. Sie wollte viel mehr. Mehr von seinem Lächeln ... mehr von seinen Küssen ... mehr ...

„Cathalin?", fragte er.

Sie blinzelte, nickte dann und erschrak bei dem fremden Namen und wie schnell ihre Gedanken gewandert waren.

Aber sie wagte es nicht, sie wandern zu lassen. Dies war der Ehemann ihrer Schwester Cathalin, ganz gleich, welche Versprechen sie ausgetauscht hatten und das vergaß sie besser nicht.

Im Stillen prostete sie sich wegen ihrer Entschlossenheit zu und trank den zweiten Becher in einem Zug leer.

Noël schmunzelte amüsiert. „Er schmeckt Euch wirklich." Dann runzelte er warnend die Stirn. „Aber passt auf, er ist ein wenig stärker als das, was Ihr gewöhnt seid."

Sie leckte sich über ihre Lippen. Es schien ihr wirklich, als würde ihr recht heiß werden.

Er füllte ihren Becher ein drittes Mal und zwinkerte ihr kokett zu, sodass ihr Herz schneller schlug.

Ihre Schwester hatte verflucht viel Glück. Sie hoffte, dass Cathalin sich dessen bewusst war. Ysenda schaute zu ihr herüber. Trotz ihres hochnäsigen Gesichtsausdrucks und ihres wissenden Lächelns war Cathalin immer noch schön. Ysenda überlegte, ob sie jemals hässlich gewesen war.

Seufzend senkte sie den Blick auf ihren Wein. Ihr Vater

hatte in einer Sache Recht. Eine seiner Töchter würde wahrscheinlich einen alten Schafhirten heiraten und das würde nicht Cathalin sein.

„Freut Ihr Euch nicht, *Cherie*?", fragte Noël.

Cherie. Er hatte sie *Cherie* genannt und die Sorge in seinem Gesicht war aufrichtig.

Verflucht! Es war nicht gerecht, dass die anstrengende Cathalin einen solchen Preis gewinnen sollte. Männer wie er sollten geliebt und verehrt und nicht verschmäht werden. Der freundliche, edle Ritter tat ihr leid.

„Es geht mir gut", versicherte sie ihm und berührte instinktiv seine Brust vor Mitleid. Als sie merkte, was sie getan hatte, versuchte sie, ihre Hand zurückzuziehen, aber er ergriff sie und drückte sie über seinem Herzen an seine Brust.

„Ich gehöre Euch, *Cherie*, mit Herz und Seele von diesem Tag an."

Vielleicht war es nur der Wein, aber bei seinen Worten stiegen ihr die Tränen in die Augen. Wie sehr sie sich doch wünschte, dass das wahr sein könnte und wie sehr sie sich wünschte, dass sie dieses Versprechen für immer für sich behalten könnte.

Er drückte ihre Hand leicht. „Ich will nichts mehr, als Euch glücklich zu machen."

Ihr Herz schmolz dahin. Verflucht, ihre Schwester würde Hackfleisch aus dem armen Mann machen.

Es erstaunte Noël, als er merkte, dass das, was er gesagt hatte, der Wahrheit entsprach. Er wollte seine neue Frau

glücklich machen. Er wollte sehen, wie ihre schönen grauen Augen vor Freude leuchteten und sich ihr hübscher Mund zu einem Lächeln verzog.

Er war nicht die Art von Mann, der an Liebe auf den ersten Blick glaubte, aber irgendwas an seiner Braut hatte ihn verzaubert.

In der Zwischenzeit trank sie ihren dritten Becher Wein mit erstaunlicher Eile aus - wie ein Krieger, der sich zur Schlacht bereit machte. Er fürchtete, dass sich das Mädchen bis zur Besinnungslosigkeit betrinken würde, wenn sie nicht aufpasste.

Vorsichtig nahm er ihr den leeren Becher ab und stellte ihn auf den Tisch. Vielleicht würde ein wenig frische Luft ihren Kopf wieder klar bekommen.

„Möchtet Ihr nach draußen gehen?", flüsterte er.

„Nach draußen?"

„Nach draußen."

„Es ist Nacht." Sie runzelte die Stirn. „Es ist Winter."

„Ihr seht mir nicht aus wie die Art Mädchen, die sich von ein bisschen Dunkelheit oder Schnee abhalten lässt. Außerdem habe ich einen Umhang, der uns warmhalten wird."

Ihre Augen funkelten, als hätte er sie zu einem verbotenen Abenteuer eingeladen.

Ohne auf ihre Antwort zu warten, nahm er ihre Hand und nickte in Richtung Tür. „Lasst uns gehen."

Der größte Teil des Clans war zu abgelenkt, um ihren Abgang zu bemerken. Caimbeul schaute ihnen jedoch mit finsterem Blick hinterher. Noël nickte ihm zu und zeigte, dass er seine Ablehnung zur Kenntnis genommen hatte, aber das hielt ihn nicht davon ab, die Hand seiner Braut zu ergreifen und sich mit ihr durch die Tür in die Nacht zu schleichen.

Die Luft war klar und kalt. Es hatte aufgehört zu schneien. Schneeverwehungen bedeckten den Boden wie ein Laken. Noël legte seinen wollenen Umhang um die Schultern seiner Braut, als sie nach draußen auf den Burghof traten.

Sie zögerte und schaute hinunter auf ihre Füße. Er merkte, dass sie nur die weichen dünnen Schuhe trug, die für die große Halle gedacht waren.

Ohne zu zögern hob er sie hoch in seine Arme. Sie keuchte und klammerte sich an ihn, als hätte sie Angst, dass er sie fallen lassen könnte. Sie wog nicht schwerer als ein Kettenhemd. Er schlenderte genüsslich über den Burghof vorbei an den Gebäuden, die an die Ringmauer angelehnt waren. Seine Stiefel knirschten im Neuschnee.

„Ich nehme an, es ist schwer, darüber nachzudenken, den Ort Eurer Geburt zu verlassen", sagte er. „Aber ich glaube, ihr werdet Euch an Frankreich gewöhnen. Und wenn Ihr wollt, können wir hin und wieder zu Besuch kommen."

„Das ist sehr freundlich."

Er lächelte. „Erzählt mir, was sollte ich über dieses Land, das wir erben werden, wissen?"

Noël wusste, dass die Highlander seltsame Traditionen pflegten. Eine davon war, dass die älteste Tochter das Land erben und rechtmäßig *Laird* werden konnte. Bei dem Gedanken hatte es seinen Brüdern geschaudert. Sie hatten ihn gewarnt, dass es nicht lange dauern würde, und seine

Frau würde die Hose tragen und er müsste einen Rock anziehen.

Aber der Gedanke machte ihm keine Angst. Er hatte fähige Frauen immer bewundert. Tatsächlich freute er sich darauf, die Verantwortung der Domäne zu teilen, insbesondere, da er so wenig über das Leben des Clans wusste.

„Das Land?" Nachdenklich runzelte sie die Stirn. „Vor einigen Jahrhunderten wurde es von den Wikingern besiedelt."

„Wikinger? Eindringlinge?"

„Nay. Sie waren recht friedlich. Die meisten kamen, um eine neue Heimat zu finden. Tatsächlich stammen viele meiner Vorfahren von den Wikingern ab."

„Ich verstehe."

„Jetzt sind nur noch ein paar Steine von ihrer Siedlung übrig."

„Und was ist mit dem Land? Ernährt es Euch?"

„Aye. Es gibt Fische im See und Wild im Wald und das reicht, um den Clan durch den ganzen Winter zu bringen. Wir halten Schafe, Rinder und Hühner und wir bauen Hafer und Gerste an. Im Sommer gibt es überall wilde Beeren." Sie taute ein wenig auf, als sie über den Sommer sprach und entspannte sich an ihm.

„Ich würde es gern im Sommer sehen."

„Das ist eine schöne Zeit. Auf den Wiesen wachsen dann grünes Gras und wilde Blumen." Dann runzelte sie die Stirn. „Aber sie sind auch voller Mücken."

Er schmunzelte. „Wo ist Euer Lieblingsplatz?"

„Mein Lieblingsplatz?" Sie dachte einen Augenblick nach. „Der Wikinger Brunnen, nehme ich an."

„Der Brunnen?“

„Es ist eine alte Steinruine. Aber manche sagen, sie sei verzaubert.“

Auch Noël fühlte sich verzaubert. Seine Braut passte in seine Arme, als wäre sie für ihn gemacht. Ihre Stimme war leise und fesselnd und ihr Körper fühlte sich warm und nachgiebig an seinem an. „Verzaubert? Und warum?“

„Einer alten Sage nach haben sich zwei Liebende vor denen, die ihre Heirat verhindern wollten, im Brunnen versteckt. Dann kam ein Sturm und die beiden Liebenden ertranken. Sie waren verflucht und mussten im Leben nach dem Tod getrennt voneinander sein. Man sagt, dass wenn zwei Liebende die Locken ihres Haares zusammenknoten, sie beschweren und in den Brunnen werfen, die Geister derer, die ertrunken sind, sie mit Magie segnen und ihre Seelen für die Ewigkeit miteinander verbinden werden.“

„Wirklich?“ Noël glaubte nicht an Magie. Alles, was er erreicht hatte, hatte er sich nicht durch Magie, sondern im Schweiße seines Angesichts verdient, aber er wollte ihre Stimmung nicht dämpfen. „Und stimmt die Sage?“

Sie zuckte mit den Schultern. „Ich weiß es nicht.“

„Vielleicht sollten wir gehen und es versuchen.“

Sie erstarrte in seinen Armen. „Jetzt?“ Sie räusperte sich. „Nay, es ist schon spät und es ist zu weit weg. Vielleicht gibt es Wölfe in der Nähe.“

Noël merkte sofort, dass es nur eine Ausrede war. Er hatte sich vielleicht sofort in seine Braut verliebt, aber das bedeutete nicht, dass sie seine Gefühle teilte. Er würde geduldig sein und ihre Zuneigung mit der Zeit gewinnen müssen.

„Vielleicht morgen?", fragte er.

„Vielleicht."

Ysenda wusste, dass sie frieren sollte. Die Luft war frostig kalt, es hingen dichte Wolken im Himmel, überall auf den Bäumen lag Schnee, aber sie fühlte sich angenehm behaglich in den Armen des Ritters, eingepackt in seinen Umhang und fest an seine Brust gedrückt.

Sie spürte, dass ihre Wangen gerötet waren. Ob es vom Bordeaux kam oder der Tatsache, dass ein gutaussehender Mann sie über den Burghof trug, wusste sie nicht.

Aber plötzlich gab sie dem unvernünftigen Verlangen nach und stahl sich einen Kuss.

Es passierte im Nu. Einen Augenblick unterhielten sie sich ernsthaft über die Geschichte und Ressourcen des Landes. Im nächsten Augenblick zog sie sich am Rand des Umhangs hoch und drückte ihre Lippen auf seine.

Obwohl sie ihn überraschte, reagierte er mit vernünftiger Ruhe. Und dann, als wenn sie nichts Unschickliches getan hätte, erwiderte er ihren Kuss.

Ysenda wusste, dass sie keine Rechte und keinen Anspruch auf ihn hatte, aber trotzdem nahm sie seinen Kopf in ihre Hände und vertiefte den Kuss.

Die feuchte Wärme ihrer Zungen schien die eisige Nacht zum Schmelzen zu bringen. Ihr heißer Atem vermischte sich und bildete einen weißen Nebel in der Dunkelheit.

Plötzlich entwickelten ihre Hände einen eigenen Willen, ihre Finger legten sich um seine breiten Schultern,

sie streichelte seinen Nacken und strich durch sein dichtes Haar.

Er zog sie fester an sich, seine Finger drückten gegen ihren Rücken, sein Mund bewegte sich an ihrem und schmeckte nach Wein und Lüsternheit. Und ihr gefiel der Geschmack.

„Ah, *mon Dieu, Cherie*", murmelte er zwischen den Küssen.

Sie labten sich aneinander und er neigte ihren Körper und ließ sie hinuntergleiten, sodass sie auf seinen Stiefeln stand. Zärtlich nahm er ihren Kopf in seine Hände, hob ihr Kinn und strich mit den Daumen entlang ihrer Mundwinkel. Dann zog er ihre Unterlippe zwischen seine und saugte vorsichtig daran.

Durch einen Nebel des Verlangens spürte sie, wie seine Finger über ihren Hals und über ihren Busen strichen. Während er mit einer Hand die Rückseite ihres Kopfes umfasste, wanderte die andere über den Ausschnitt ihres Kleides. Als er unter dem Stoff eintauchte, war sie bereits zu wahnsinnig vor Verlangen, um es ihm zu verweigern und als sich seine Hand über ihre nackte Brust legte, atmete sie vor Schreck angesichts des göttlichen Gefühls tief durch.

Sie hätte ihn wegstoßen sollen. Sie hätte ihn schlagen sollen. Wenn sie sich unter Kontrolle gehabt hätte, hätte sie ihn in eine Schneewehe gestoßen, damit er abkühlen könnte.

Aber sie hatte sich nicht unter Kontrolle.

Sie konnte sich nur auf diesem himmlischen Boot der Lust treiben lassen, ohne zu wissen, wo es sie hinführen würde und es war ihr auch einerlei.

„Oh, *mon amour*", murmelte er an ihrem Mund. „Lasst uns nach drinnen gehen."

Sie nickte. Alles, was sie von diesem verrückten und gefährlichen Ort wegbrachte, wäre eine weise Entscheidung. Wenn sie erst wieder drinnen waren, würde die Vernunft die Oberhand gewinnen.

Er streichelte ein letztes Mal liebevoll über ihre Brust. Dann hob er sie hoch und trug sie schnell zurück zur Burg.

Glücklicherweise konnte sie das kalte Wetter für ihre geröteten Lippen und Wangen verantwortlich machen, obwohl niemand auf das Paar achtete, als es hereinkam, weil alle zu sehr mit dem Bordeaux beschäftigt waren.

Ysendas Brust kribbelte noch, wo Noël sie berührt hatte, aber ihr Gewand saß noch richtig. Sie hatte es dreimal überprüft, um sicher zu gehen.

Sir Noël entschuldigte sich für einen Augenblick, um mit ihrem Vater zu sprechen. Der *Laird* zeigte die Treppe hoch in Richtung Cathalins Zimmer und Noël nickte.

Ysenda schluckte schwer. Dies würde nicht einfach werden.

Ihr Bruder starrte sie finster an, als wenn er ihre Gedanken lesen könnte.

Sie starrte finster zurück.

Er schüttelte den Kopf.

Sie streckte ihm die Zunge aus.

Unglücklicherweise drehte Noël sich in dem Augenblick um und erwischte sie bei der kindischen Geste. Schnell zog sie ihre Zunge zurück, aber nicht, bevor sein Mund sich nicht zu einem breiten Grinsen verzogen hatte.

Sie hatte gehofft, dass ihre Flucht in das Schlafzimmer

unbemerkt verlaufen würde, aber es sollte nicht so sein. Vier Franzosen traten herbei und hoben Noël auf ihre Schultern und bevor sie protestieren konnte, hoben zwei weitere sie hoch. Der Clan jubelte laut, als das Paar die Treppe hochgetragen und vor Cathalins Zimmer abgesetzt wurde.

Noël öffnete die Tür. Um keine weitere Demütigung zu riskieren, eilte Ysenda schnell hinein und schätzte sich glücklich, dass die Männer sich nicht auch noch ins Zimmer drängten. Noël wünschte ihnen eine gute Nacht und verriegelte die Tür.

Das Zimmer war schummerig. Während sie neben der Tür stehen blieb, hängte er seinen Umhang auf und ging zum Kamin, wobei er den Schürhaken von der Wand nahm, um das Feuer wieder zu entfachen. Dann legte er noch ein paar Stücke Torf auf, um es in Gang zu halten.

Es war schon eine Weile her, seit Ysenda in diesem Zimmer gewesen war. Seit sie in ihrer Kate lebte, hatte sie vergessen, wie luxuriös die Burg ausgestattet war. Der hölzerne Bettrahmen war mit Schnitzereien verziert und das Bett an sich war mit Federn gepolstert und hatte ein Dach aus dunkelblauem Brokat. Am Fußende befand sich eine Truhe mit Cathalins Gewändern. An einer Wand stand ein großer Tisch. Darauf befanden sich viele Ampullen und Töpfchen mit Ölen, Pudern und Tinkturen, die Cathalin verwendete, um ihre Schönheit zu erhalten.

Die Fensterläden waren im Augenblick geschlossen. Aber sie wusste, dass man vom Fenster aus einen herrlichen Ausblick auf die Hügel in der Ferne und auf den Wald, wo der alte Wikinger Brunnen stand, hatte, weil

Ysenda dieses Zimmer auch einst bewohnt hatte.

Während sie gedankenverloren dastand, trat Noël hinter sie. Als er seine Hände leicht auf ihre Schulter legte, erschrak sie.

Er schmunzelte. „Ich wollte Euch keine Angst machen."

„Ich habe keine Angst", witzelte sie. Das entsprach nicht ganz der Wahrheit. Aber Angst zu zeigen war niemals weise. Zumindest hatte ihre Mutter, die eine Kriegerin gewesen war, sie das gelehrt.

Er strich mit den Daumen über ihre Schultern. „Ich fange an zu glauben, dass Ihr vor nichts Angst habt."

Da lag er falsch. Im Augenblick hatte sie ein wenig Angst vor sich selbst.

„Ihr habt mir ein Versprechen gegeben", erinnerte sie ihn atemlos. „Ich vertraue darauf, dass Ihr ein Mann seid, der zu seinem Wort steht."

„Ich bin ein de Ware", sagte er, als wenn das alles erklären würde.

Dann drehte er sie in seinen Armen zu sich hin und blickte sie mit seinen indigoblauen Augen an. „Aber Ihr wisst, dass Ihr einen Mann nur so lange hinhalten könnt. Ich bin jetzt Euer Ehemann. Morgen werde ich kein nay als Antwort akzeptieren.

Sie nickte. Seine Forderungen waren absolut im Rahmen, aber bis morgen würde alles aufgeklärt sein. Morgen Abend würde er genau in diesem Zimmer seine ehelichen Rechte von ihrer Schwester fordern.

Bei dem Gedanken drehte sich ihr der Magen um.

Ihr Blick senkte sich auf seinen Mund. Sie konnte den Gedanken nicht ertragen, dass Cathalin Noël küsste. Ihre

fürchterliche Schwester verdiente es nicht, ihre Arme um seinen Hals zu legen und seine Lippen zu schmecken.

Während sie ihn weiterhin anstarrte, verzog sich sein Mund zu einem hinterlistigen Lächeln. „Nun macht schon."

„Was?"

„Küsst mich."

„Was?"

„Ich kann doch sehen, dass Ihr das wollt."

Aufgeregt schüttelte sie den Kopf ein wenig.

„Macht schon", drängte er sie und verschränkte die Arme über seiner Brust. „Ich werde Euren Kuss auch nicht erwidern."

Ihn noch einmal zu küssen würde ein Fehler sein. Das wusste sie. Trotzdem dachte sie beim Blick auf seine Lippen darüber nach.

„Nun kommt schon. Ich kann nicht ewig warten", höhnte er.

Andererseits könnte dies ihr letzter Kuss sein ... zumindest bis sie den groben, stinkenden Schafhirten heiratete, den ihr Vater für sie aussuchen würde.

Dieser deprimierende Gedanke überzeugte sie davon, das Risiko einzugehen so lange sie es noch konnte.

„Ich nehme an, dass ich Euch einen Gutenachtkuss geben kann", beschloss sie.

„Natürlich."

„Aber nur einen."

Seine Augen funkelten vor Heiterkeit. „Was auch immer Euch genehm ist."

Sie legte ihre Hände auf seine verschränkten Arme und stellte sich auf die Zehenspitzen. Sie hob ihr Kinn und

schloss die Augen. Er senkte seinen Kopf, um ihr entgegenzukommen. Als sie seinen Atem auf ihrem Gesicht spürte, bewegte sie sich zu ihm hin, bis ihre Lippen sich berührten.

Wenn das ihr letzter Kuss sein sollte, wollte sie sich daran erinnern können. Also konzentrierte sie sich auf die Wärme seiner Lippen und die rauen Bartstoppeln auf seinem Kinn. Sie atmete seinen männlichen Duft von Leder und Eisen und Gewürz ein. Sie traute sich, ihre Zunge heraus zu strecken und genoss den verführerischen Geschmack seines Mundes. Sie seufzte an ihm vor bittersüßer Sehnsucht.

Und dann reagierte er.

Er legte zuerst seinen Mund vorsichtig auf ihren und wurde dann drängender, als wenn er den letzten Tropfen aus ihr saugen wollte, bevor sie weg war.

Auch sie war von einer seltsamen Verzweiflung erfüllt - einer Gier nach mehr von ihm oder nach ihm in Gänze. Ein sehnsüchtiges Stöhnen baute sich in ihrem Hals auf. Frustriert runzelte sie die Stirn.

Er löste seine Arme aus der Verschränkung. Dann zog er sie in seine offenen Arme.

Es war vollkommen aufregend.

Es war auch gefährlich.

„Ihr … erwidert … meinen Kuss", warnte sie ihn.

„Wirklich?"

„Aye."

„Soll ich aufhören?"

Sie hielt inne. „Nay."

KAPITEL 4

Ysenda realisierte kaum, was sie da tat und steckte ihre Hände unter seinen Surcot. Sein Schlüsselbein war hart und die Haut weich unter ihren Fingern. Sein Puls schlug kräftig an seinem Hals. Unter ihrer Berührung spannte er die Muskeln seiner Brust an. Ihre Handflächen glitten nach außen. Sein Gewand löste sich und rutschte von seinen kräftigen Schultern.

Ermutigt von ihrer Kühnheit belohnte er sie in gleichem Maße. Er zog den Ausschnitt ihres Kleides nach unten und immer weiter, bis es nur noch an der Spitze ihrer Brüste hing.

Als sich ihre Zungen miteinander verschlangen, verlor sie sämtliche Hoffnung auf Anstand und Kontrolle. In ihren Ohren ertönte eine erotische Schwingung, welche die Stimme der Vernunft ausblendete. Sie zog an seiner Kleidung und gierte nach seinem Fleisch.

Er knurrte in ihrem Mund wie ein hungriges, wildes Tier und sie erlaubte ihm, sich an ihr zu laben. Sie lehnte sich gegen ihn und sehnte sich nach noch mehr Nähe.

Schließlich zog er ihre Ärmel herunter und legte ihre Brüste frei, sodass er seine warme Haut an ihre drücken konnte.

Das Gefühl war himmlisch und sie wollte, dass es niemals endete. Wo ihr nacktes Fleisch sich berührte, schien es miteinander zu verschmelzen. Ihre Zungen vereinten sich und produzierten einen göttlichen Nektar.

Hemmungslos ließ sie ihre Hände über ihn gleiten. Sie strichen über seine Muskeln und tauchten in sein üppiges Haar. Sie versuchte sich jeden Zoll von ihm mit ihren Fingerspitzen einzuprägen.

Es reichte nicht. Sie wollte mehr.

Sie löste sich von seinem Mund und hinterließ eine Spur von Küssen von seinem Mundwinkel entlang seines Kinns und der Seite seines Halses, wo sein Puls raste.

Er stöhnte und atmete tief durch. Er zog sie näher an sich, bis sie sein hartes Gemächt unter seinem Wappenrock spüren konnte.

Es hätte sie abstoßen sollen. Solch eine offene Zurschaustellung war unschicklich, vulgär und widerwärtig, aber sie spürte überhaupt keinen Ekel, als er sich gegen sie drückte.

Stattdessen fühlte sie sich berauscht, als wenn der Bordeaux in ihren Adern fließen würde und ihr Blut erwärmte und sie betrunken machte.

Sie hatte das geschafft. *Sie* hatte ihn so hart gemacht.

Aber in ihrem berauschenden Triumph war auch ihre Kapitulation verpackt. Ihre Knochen wurden zu Brei, ihr Herz wurde weich, und ihre Entschlossenheit wurde schwächer.

Sie wollte nicht rückwärts in Richtung Bett gehen, aber irgendwie passierte es dann doch. Plötzlich spürte sie den hölzernen Rahmen an der Rückseite ihrer Knie.

Noël kam immer weiter vor in seinem Eifer und bedeckte ihr Gesicht mit Küssen, wobei er nicht merkte, dass sie nicht mehr ausweichen konnte.

Zusammen fielen sie auf das Bett.

In der kleinen Ecke ihres Hirns, das nicht vom Wein und vor Verlangen betrunken war, wusste Ysenda, dass sie ihm widerstehen sollte.

Aber ihr war klar, dass es kein Zurück mehr gab. Sie hatten sich auf das tosende Meer begeben und wurden weggetrieben. Ihre Gefühle sagten ihr, dass sie den Augenblick ergreifen sollte.

Und das tat sie.

Als er noch ein Junge war, hatte einer von Noëls Brüdern ihn dazu gebracht, sich auf ein ungezähmtes Pferd zu setzen. Das Tier war in einem wilden Ritt los galoppiert. Er konnte nichts anderes tun, als sich festzuhalten, um sein Leben zu retten.

So fühlte er sich jetzt.

Er hatte sich damit abgefunden, einen unspektakulären und stillen Abend mit seiner neuen Braut zu verbringen und sie mit vernünftigen Beispielen davon zu überzeugen, dass er ein anständiger Ehemann sein würde.

Aber als sie anfing, ihn zu küssen, verschwanden seine guten Absichten.

Es war nicht, als wenn er noch nie geküsst worden

wäre. Er war ja schließlich ein de Ware. Aber er war noch nie mit einer solchen Leidenschaft, einem solchen Eifer und solch aufrichtigem Genuss geküsst worden.

Seine Tollpatschigkeit sorgte dafür, dass sie auf das Bett fielen und als er sich einmal in der Horizontalen befand, war es schwer, ihr zu widerstehen, was natürlich war, wenn er mit einer solchen Frau im Bett lag.

Trotzdem versuchte er es.

Aber als das schöne Mädchen ihre Hände an ihn legte, seinen Wappenrock ergriff und an seinem Surcot zog, war es schwierig, dies zu ignorieren. Als sie sein Gesicht mit fiebrigen Küssen bedeckte, war er gezwungen, diese zu erwidern und als sie ihn auf seinen Rücken rollte, verschwand seine Selbstkontrolle.

Angst vor der Hochzeitsnacht?

Wohl kaum.

Seine neue Braut war offensichtlich kein zitternder Neuling. Er überlegte, was für ein Spiel sie wohl spielte, dass sie versuchte, ihn dies glauben zu machen.

Vielleicht hatte sie Angst, dass er sie nicht heiraten würde, wenn er herausfand, dass sie keine Jungfrau mehr war.

Deswegen hätte sie sich keine Sorgen machen müssen. Noël hatte Unersättlichkeit immer mehr als Tugend geschätzt.

Er lachte tief in seinem Hals, als sie ihren hungrigen Mund über sein Schlüsselbein gleiten ließ. Nun, da er die Wahrheit kannte, konnte er nicht anders, als sie ein wenig zu verhöhnen.

„Ich dachte, Ihr hättet von nur einem Kuss gesprochen."

„Wirklich?", sagte sie außer Atem.

Er grinste. Er machte sich keine Gedanken mehr, seine Lüsternheit zu zügeln und tauchte mit seinen Händen in ihr prächtiges Haar und öffnete ihren Mund mit seinem. Er ließ seine Zunge auf ihren Lippen tanzen, tauchte dann in ihren Mund und genoss ihren Geschmack süßen Weines.

Es war schon Monate her, seit er bei einer Frau gelegen hatte. Als er von seinem Verlöbnis mit Cathalin erfuhr, hatte er dem Beiliegen mit anderen Frauen abgeschworen.

Jetzt muss er den Preis für seine Abstinenz zahlen. Er war so hart wie Stein. Fürwahr, er fühlte sich, als wenn er jeden Augenblick explodieren würde.

Das wäre ein Fehler. Nichts würde eine Braut mehr enttäuschen als zu entdecken, dass ihr neuer Ehemann seinen Samen schneller ergoss als ein zwölfjähriger Junge.

Er atmete tief durch, um einen klaren Kopf zu bekommen, drehte sie um und setzte sich rittlings auf ihre Knie, sodass er mehr Kontrolle haben würde. Er schlüpfte seine Hände unter den Ausschnitt ihres Kleides und zog es herunter über ihre Schultern, wobei er sie küsste. Dann zog er ihre Kleidung noch weiter herunter bis zu ihrer Taille, wobei er ihre Arme neben ihr unbeweglich machte.

„Ihr seid so schön", murmelte er. „Sie haben gesagt, dass Ihr das schönste Mädchen in ganz Schottland wärt. Sie hatten Recht."

Sie keuchte, als er langsam mit dem Daumen über ihre weichen Brüste strich, bis sie über ihren festen Brustwarzen zum Liegen kamen.

Noël lächelte, als sie sich wölbte, um seine Berührung zu erzwingen und mit den Spitzen ihrer Brüste gegen seine

Daumen strich. Dann senkte er seinen Kopf, um seinen Daumen durch seine Zunge zu ersetzen und strich leicht über jede Brustwarze, bevor er sie langsam in seinen Mund nahm.

Sie stöhnte und ballte die Hände zu Fäusten.

Verlangen strömte zwischen seine Beine, aber er musste seine Lüsternheit noch zügeln, zumindest so lange, bis es ihr ebenso ging.

Er strich mit seinen Händen langsam über ihre seidigen Beine und hob ihre Röcke. Sie hob ihren Kopf und versuchte, die Arme zu bewegen, als wenn sie vielleicht versuchen wollte, ihn aufzuhalten, aber ihre Hände hingen in ihren Ärmeln fest. Ihrem schwelenden Blick nach zu urteilen konnte er sehen, dass sie nicht wirklich wollte, dass er aufhörte.

Und als seine Finger über ihre Knie nach oben strichen, ließ sie ihren Kopf auf das Bett zurückfallen und seufzte hingerissen.

Als er das obere Ende ihrer Oberschenkel erreichte, schob er ihre Röcke zur Seite. Dann erhaschte er einen Blick auf das Paradies. Dunkles, lockiges Haar bildete ein kleines, perfektes Dreieck auf ihrer hellen Haut. Seine Lenden schmerzten vor Sehnsucht, während er ihren schönen Körper betrachtete.

Er schluckte seine wilde Gier hinunter und drängte sie vorsichtig, ihre Beine zu spreizen. Er steckte seine Finger in das Nest ihrer Locken und öffnete sie so zärtlich wie eine Blume.

Ysenda atmete zischend ein. Warum erlaubte sie ihm, das mit ihr zu machen? Sie wusste es nicht, aber sie brachte die Worte nicht heraus, um ihn aufzuhalten. Sie wollte es auch nicht.

Sie wollte das hier.

Nay, sie wollte es nicht. Sie *brauchte* es.

Aber es stand ihr nicht zu. Er gehörte ihr nicht.

Und doch wollte sie ihn so sehr.

Und als sie seinen Mund da unten auf sich spürte, war sie jenseits jeglicher Vernunft. Ein erotischer Blitz hatte sie getroffen und sie konnte keine Worte mehr bilden. Seine Lippen streichelten sie mit köstlicher Intimität und ließen Hitze in ihr aufsteigen. Seine Zunge badete sie vorsichtig und sie stöhnte vor Glückseligkeit.

Sie hatte die Augen fest geschlossen und schämte sich ihres eigenen Vergnügens und ihrer Schwäche ihm gegenüber zu sehr. Ihre Scham wurde von einer seltsamen Freude begleitet, eine mächtige Kraft begann, sich in ihr aufzubauen. Ihre Adern waren mit einem hellen Feuer erfüllt. Ihr Blut kochte vor großartiger Energie. Ihr Fleisch erwärmte sich und schwoll an und war voller Sehnsucht.

Gerade als sie dachte, dass sie vor Gier platzen würde, schien die Welt einen zeitlosen Augenblick lang stillzustehen. Mit einem stillen Schrei verlor sie die Kontrolle.

Sie wurde von Wellen der Ekstase durchgeschüttelt, während ein göttliches Gefühl über sie kam. Es schien, als würde sie über den tiefen Ozean der Lust segeln.

Aber es dauerte nur einen Augenblick.

Und dann tauchte er in sie hinein.

Sie schrie auf, als sie die plötzliche, brennende Hitze seines Eindringens wie ein Messer spürte.

Noël fluchte und erstarrte. Was zum Teufel?

Er war sich so sicher gewesen, dass seine neue Braut keine Jungfrau war.

Oh Gott, er hatte einen schrecklichen Fehler gemacht. Einen unverzeihlichen.

"Oh *non, non*", bedauerte er. „Es tut mir so leid, *Cherie*."

Die Knöchel an ihrer Hand waren weiß, ihre Augen waren fest geschlossen und ihre Lippen waren zu einer schmalen Linie zusammengepresst.

Er hatte Schmerzen vor Reue. Er hätte alles getan, was er getan hatte wieder rückgängig zu machen.

Aber das konnte er nicht.

Er konnte sich nur zurückziehen und sie allein lassen, wie er es die ganze Zeit hätte tun sollen und wie er es versprochen hatte.

Aber wenn er sich zurückzog, würde es die Dinge nur noch schwieriger machen. Beim nächsten Mal wäre sie mit gutem Grund noch zögerlicher.

Das war keine gute Art, eine Ehe zu beginnen.

Nay, er wollte den Schaden, den er angerichtet hatte, wieder in Ordnung bringen und ihr über die Schmerzen hinweghelfen und sie zurück zum Vergnügen bringen. Also blieb er in ihr.

„Ich mache es wieder gut", versprach er und strich ihr das Haar von der Stirn. „Ich wollte Euch nicht wehtun Wirklich nicht."

Er zog ihre Ärmel herunter und befreite ihre Arme. Ihre Hände entspannten sich, aber sie schaute ihn immer noch nicht an und das brach ihm das Herz. Er musste das Feuer ihres Verlangens schnell wieder schüren, bevor sein eigenes nachließ.

„Ihr habt keine Angst, oder? Denn, wenn Ihr ..."

Damit erregte er ihre Aufmerksamkeit. Sie öffnete die Augen und runzelte die Stirn. „Nay."

Sie *hatte* Angst. Er konnte es erkennen an der Art, wie sie ihre Unterlippe zwischen ihre Zähne zog, aber sie würde es nicht zugeben und dafür bewunderte er sie.

„Ich kann den Schmerz wieder verschwinden lassen", sagte er, „wenn Ihr es mir erlaubt."

Sie schaute zweifelnd. Dann nickte sie.

Er stützte sich auf seine Ellbogen und beugte seinen Kopf, um sie zu küssen und dieses Mal küsste er sie weich und zärtlich. Als sie seinen Kuss zu eifrig erwiderte, zog er zurück. Dieses Mal war es wichtig, dass sie wirklich bereit sein würde.

Es dauerte nicht lange. Schon bald streckte sie die Hand nach ihm aus. Sie umklammerte seinen Nacken, um ihn nahe an sich zu halten. Sie keuchte an seinem Hals und wölbte sich hoch, bis ihr Busen gegen seine Brust strich.

Und dann fing sie zu seiner Erleichterung an, ihre Hüfte langsam gegen seine zu reiben. Er schloss die Augen, als das Verlangen durch seine Lenden strömte. Selbst eine Jungfrau kannte instinktiv den Tanz der Liebe.

Die süße Reibung war fast nicht zu ertragen. Er biss die Zähne zusammen, dass er seinen Höhepunkt nicht erreichte, während sie noch ihren eigenen suchte.

Als sie schließlich erstarrte und ihren Mund in freudiger Ehrfurcht öffnete, stöhnte er ihren Namen und tauchte tief in sie hinein. Zusammen bebten sie in ihrer Glückseligkeit.

Einen schwerelosen Augenblick lang fühlte Ysenda sich wie ein Adler, der hoch in der Luft schwebt. Es gab keine Schmerzen mehr, nur noch Freiheit. Dann tauchte sie durch die Wolken reiner Freude und ließ sich so schnell fallen, dass ihre Flügel in der Luft zitterten.

Es wäre ein Augenblick perfekter Glückseligkeit gewesen, wenn er nur nicht den Namen ihrer Schwester gerufen hätte.

Das Wort war wie ein Schlag ins Gesicht und brachte sie zurück in die Realität.

Verflucht! Was hatte sie nur getan?

Noël sank völlig erschöpft auf sie, wobei er sein Gewicht vorsichtig auf seine Unterarme verlagerte. Er seufzte zufrieden an ihrem Hals.

„Ach, ich freue mich so sehr, Euer Ehemann zu sein."

Ysenda schluckte und schlang ihre Arme um ihn in einer unbehaglichen Umarmung.

Sie wusste nicht, was sie sagen sollte.

Sie konnte noch nicht einmal so tun, als sei es seine Schuld. Sie hatte ihn ermutigt. Sie war diejenige, die den Gutenachtkuss hatte haben wollen. Er hatte sein Versprechen nur gebrochen, weil sie ihn hatte glauben lassen, dass sie keinen Wert mehr darauf legte.

Er hatte nichts falsch gemacht. Er hatte nur die Frau

geliebt, von der er glaubte, dass sie seine Ehefrau sei.

Aber Ysenda hatte gesündigt. Sie hatte wissentlich und absichtlich eine vorgetäuschte Ehe vollzogen.

„Geht es Euch gut, *Cherie*?", murmelte er und hob seinen Kopf, um sie anzuschauen.

Nay. es ging ihr nicht gut. Sie hatte sich wie eine Dirne benommen und sie hatte den Bräutigam ihrer Schwester gestohlen.

Aber sie wagte es nicht, ihm dies zu beichten. Also lächelte sie freudlos und nickte.

Er löste sich ein wenig, um sich neben sie zu legen und ihr trotzdem nah zu sein.

„Das nächste Mal", versprach er, „wird es besser sein."

Das nächste Mal? Es würde kein nächstes Mal geben.

Sie biss sich auf die Lippe. Sie nahm an, dass sie jetzt ruiniert war, aber sie würde Noël dafür nicht bezahlen lassen. Morgen, wenn ihr Vater zur Vernunft kam und Noël seine wahre Braut übergab, würde Ysenda das Richtige tun und sich barmherzig verhalten. Sie würde leugnen, dass sie jemals bei ihm gelegen hatte.

Die Ehe wäre damit gebrochen. Noël und Cathalin wären frei, dass sie heiraten könnten. Er würde mit seiner neuen Frau zu seiner Burg in Frankreich reisen und Ysenda würde ihn wahrscheinlich nie wiedersehen.

Sie blickte hinüber zu dem gutaussehenden Ritter mit dem strahlenden Lächeln und dem freundlichen Herz. Wenn er nicht eingeschlafen wäre, hätte er die kindischen Tränen in ihren Augen gesehen.

Sie wusste, dass es albern war. Aber sie wollte ihn für sich. Es machte ihr nichts aus, dass er kein Highlander war.

Es macht ihr nichts aus, dass er Cathalin gehörte und dass sie ihm nichts zu bieten hatte – keine Burg, kein Land, keinen Titel.

Sie hatte ihm bereits ihre Jungfräulichkeit geschenkt und wenn sie auch nur für einen Augenblick glaubte, dass er es annehmen würde, würde sie ihm auch ihr Herz schenken, denn sie war sich sicher, dass sie sich in ihn verliebt hatte.

So verrückt wie es sich anhörte, aber es stimmte. Obwohl sie ihn erst seit einigen Stunden kannte, wusste sie, dass er der perfekte Ehemann für sie war. Er war loyal, mutig, aufrichtig und gerecht. Männer respektierten ihn und Frauen bewunderten ihn.

Aber Sir Noël war nicht wegen ihres Herzens gekommen. Er war hier wegen eines politischen Bündnisses. Außerdem konnten Männer wie er jede Frau haben. Warum sollte er Ysenda wählen, wenn man ihm die schönste Frau in ganz Schottland gegeben hatte?

Sie wandte sich ab und schlief missmutig ein.

KAPITEL 5

Ysenda wachte vor Sonnenaufgang auf. Im Schlaf hatte sie irgendwie ihre Arme und ein Bein um ihren Bettgefährten geschlungen. Sie wurde blass bei dem Gedanken, dass sie sich sowohl von Sir Noël, wie auch von dem Durcheinander, das ihr Vater verursacht hatte, distanzieren musste, bevor es zu spät war. Außerdem musste sie sicherstellen, dass Caimbeul nichts Schlimmes widerfuhr.

Sie löste sich vorsichtig und blickte auf den Mann, der neben ihr schlief. Sie konnte ein liebevolles Grinsen nicht unterdrücken. Die eine Seite seines Gesichtes war verzogen, wo er sich in die weiche Matratze vergraben hatte. Sein Haar stand in alle Richtungen ab und er sah aus wie ein Baum, der vom Blitz getroffen war. Sein Mund war geöffnet und er schnarchte. Jetzt sah der edle Ritter nicht mehr ganz so edel aus, aber angesichts seines sorglosen Schlafes bewunderte sie ihn umso mehr.

Wie schön wäre es, jeden Morgen bei diesem Anblick aufzuwachen, sein beruhigendes Atmen zu hören und sein

Antlitz zu betrachten ...

Sie erstickte fast, als sie die kühne Silhouette seines Gemächts, das unter dem Laken hochragte, sah. Wie konnte das sein? Wie konnte er erregt sein, wenn er tief und fest schlief?

Mit roten Wangen kroch sie aus dem Bett, bevor schlimmeres passieren konnte. Sie warf einen letzten verzweifelten Blick auf den Mann, den sie zurückließ. Dann verließ sie die Kammer, um ihren Bruder zu suchen.

„Wo ist er?", fragte sie. „Was habt Ihr mit ihm gemacht?"

Der *Laird* verzog das Gesicht, als ihre scharfen Worte seinen schmerzenden Kopf durchbohrten. „Es geht ihm gut." Er schob sie weg und suchte weiter in der Speisekammer nach etwas, was seinen Schmerz lindern könnte.

Sie fand eine Ampulle mit einem Extrakt von der Weidenrinde und gab sie ihm in die Hand. „Vater, hört mir zu. Was gestern Abend passiert ist, war ein Fehler. Ihr könnt Euch nicht gegen den König stellen. Es ist ..." Sie schaute sich im Keller um, obwohl der Raum zu klein war, als dass dort Spione hätten verborgen sein können. Dann flüsterte sie: „Es ist Hochverrat."

„Ach!", höhnte er. „Der König wird nicht den ganzen Weg hierher marschieren, um eine Hochzeit durchzusetzen." Aber Ysenda bemerkte einen Hauch von Unsicherheit in seinen Augen. „Außerdem", sagte er, während er die Ampulle öffnete und an seinem Inhalt roch, „ist es jetzt zu spät."

„Aber das ist es ja gerade. Es ist nicht zu spät." Sie strich sich mit der Zunge über die Lippen und hasste es zu lügen. „Wir haben nicht ... es gab eine Hochzeit, aber es gab kein Beiliegen."

Er verzog ungläubig das Gesicht. „Was?"

„Die Ehe ist jetzt ungültig. Er ist frei, dass er Cathalin heiraten kann."

Er starrte sie an, als wäre sie dumm. „Er wird Cathalin nicht heiraten."

Ysenda rutschte das Herz in die Hose. „Aber er muss. Der König hat es befohlen. Ihr habt die Papiere selbst unterzeichnet."

„Ich gebe mein Land nicht an einen Normannen, ganz gleich, was der König befiehlt."

„Aber Vater, versteht Ihr denn nicht? Ihr habt eine zweite Chance bekommen."

Er kniff die Augen zusammen. „Ihr hinterlistiges Weib. Ihr habt ihn absichtlich zurückgewiesen."

„Aye. Ich habe es zum Wohl des Clans getan. Ich habe gesehen, dass Ihr nicht ganz bei Sinnen wart letzte Nacht. Und ich wusste, wenn ich nicht ..."

Plötzlich krachte die Rückseite seiner Faust gegen ihre Wange, erschütterte ihren Kopf und brachte sie zum Stolpern. Sie hielt sich am Regal fest, wobei sie einige Flaschen umstieß, die auf den Steinboden fielen.

Sie blinzelte schockiert und bewegte ihren Kiefer, um sicherzustellen, dass er ihr keine Zähne ausgeschlagen hatte. Ihr Instinkt sagte ihr, dass sie es ihm mit einem kräftigen Schlag zurückzahlen sollte. Es wäre nicht das erste Mal, dass sie sich gegen einen Mann gewehrt hätte.

Aber dieses Mal widerstand sie dem Verlangen.

Er war schließlich der *Laird*.

Er war ihr Vater.

Und er hatte Caimbeul irgendwo eingesperrt.

„Wie könnt Ihr es wagen, so mit mir zu sprechen", zischte er. „Ich weiß, was für den Clan das Beste ist und das ist nicht, einen *Laird* zu haben, der noch nicht einmal Schotte ist."

Sie ignorierte ihre brennende Wange. Irgendwie musste sie ihn überzeugen, dass er einen Fehler machte. „Aber Vater, er muss ein guter Mann sein. Der König hat ihn persönlich ausgewählt. Er wird gut zu Cathalin sein und sich auch so gut wie ein Highlander um den Clan kümmern."

„Nay, es ist beschlossen." Er nahm einen winzigen Schluck aus der Ampulle und rümpfte die Nase dabei. „Cathalins Bräutigam, ihr Highland Bräutigam wird in den nächsten Tagen eintreffen. Ich werde einfach sagen, dass wir nicht mehr auf ihren normannischen Ritter warten konnten und als dieser kam, hatte ihre Hochzeit bereits stattgefunden."

„Ihr würdet den König anlügen?"

„Es ist keine Lüge. Es entspricht nur nicht ganz der Wahrheit."

„Und was werdet Ihr Sir Noël erzählen, wenn dieser Highlander kommt?"

„Er wird schon längst weg sein. Euer Ehemann scheint sehr erpicht darauf zu sein, nach Hause zu kommen." Er prostete ihr mit der Ampulle zu, nahm einen großen Schluck, erschauderte bei dem bitteren Geschmack und

verkorkte sie dann wieder. „Ihr solltet Euch glücklich schätzen. In Frankreich werdet Ihr eine richtige Dame sein."

„Aber Sir Noël wird herausfinden, dass ich nicht Cathalin bin."

„Nicht, wenn Ihr es ihm nicht sagt."

Ihre Gedanken rasten. „Und was, wenn ich es ihm jetzt erzähle?"

„Oh, ich glaube nicht, dass Ihr das tun werdet."

„Und warum nicht?"

„Weil ich Euren Buckeligen in meiner Gewalt habe und Ihr wollt nicht, dass ihm irgendetwas zustößt."

Ysenda ballte ihre Hände zu Fäusten. Sie wollte glauben, dass er bluffte und dass er seinem eigenen Fleisch und Blut nichts zuleide tun würde, aber sie wusste es besser. Der *Laird* hatte seinen peinlichen Sohn vom ersten Augenblick an loswerden wollen.

Laird Gille schmunzelte. „Ihr seid genau wie Eure Mutter. Mit starkem Willen und schwachem Herzen. Glaubt Ihr, dass ich nicht wüsste, dass Ihr Lehrer eingeschmuggelt habt, um dem Schwachkopf etwas beizubringen?"

„Er ist kein ...", sie hielt inne, aber nur, weil sie wusste, dass es sinnlos war.

„Ihr werdet in Frankreich zurechtkommen und wenn Ihr für Sir Noëls Geschmack zu eigensinnig werdet, hat er eine ganze Armee kräftiger Jungen unter seinem Befehl, dass Ihr gehorcht."

Er versuchte ihr Angst zu machen, aber es funktionierte nicht. Sie vertraute Sir Noël völlig. Aber sie konnte seine Reaktion nicht vorhersehen, wenn er entdeckte, dass ihr

Vater und sie ihn betrogen hatten. Würde er ihr glauben, dass sie Angst um das Leben ihres Bruders gehabt hatte? Und wenn nicht, was würde er tun, um sich zu rächen? Würde er sie verstoßen und seine echte Braut fordern? Würde er den Clan angreifen und die Burg belagern?

Von jenseits der Tür war eine Stimme zu hören. „Guten Morgen?"

Ysenda atmete schnell durch. Es war Sir Noël.

Ihr Vater hob eine Augenbraue. „Euer Ehemann ruft Euch." Er schmunzelte. „Wahrscheinlich will er etwas holen, was Ihr vergessen habt, ihm letzte Nacht zu geben."

„Cathalin?", rief Noël.

Ysenda zuckte zusammen.

Ihr Vater kicherte.

„Hier drinnen", rief er zurück und öffnete die Tür.

Noël sah noch großartiger aus, als sie sich erinnern konnte. Er hatte sich mit den Fingern durch das Haar gestrichen, sein Gesicht war frisch gewaschen und er trug wieder den dunkelblauen Surcot, der zu seinen leuchtenden Augen passte.

Unglücklicherweise sah er so gar nicht aus wie ein Mann, der gezwungen war, seine Hochzeitsnacht in unerwiderter Leidenschaft zu verbringen und die Erinnerung an das, was sie getan hatten, durchfuhr sie wie eine warme Welle und ließ sie erröten.

„Ah. Guten Morgen, mein Sohn", sagte ihr Vater. Irgendwie schaffte er es, dass das Wort sich wie ein nicht aufrichtiges Willkommen und nicht wie eine Beleidigung anhörte. Er hatte Caimbeul noch nie ‚Sohn' genannt. Nicht einmal.

„Mein *Laird*", antwortete Noël mit einem Nicken. Ysenda gewann den Eindruck, dass auch Noël *Laird* Gille nicht mit ‚Vater' titulieren wollte.

Zwischen den beiden Männern herrschte bereits eine gewisse Feindseligkeit. Wenn Lord Noël herausfand, dass der *Laird* ihn hereingelegt hatte, würde es unangenehm werden. Sie konnte nicht zulassen, dass das passierte, bevor Caimbeul nicht in Sicherheit war.

„Habt Ihr gefrühstückt, Sir Noël?", fragte sie, nahm seine Hand und war erpicht darauf, die beiden Männer zu trennen. „Habt Ihr Hunger?"

„Aye." Natürlich war Noël hungrig. Er wollte sich wieder an dem schönen Körper seiner Frau laben.

Seine Frau. Der Klang gefiel ihm, insbesondere, wenn man bedachte, dass er Angst gehabt hatte, seiner Highland Braut zu begegnen.

Als er aufwachte und sah, dass sie weg war, hatte er befürchtet, dass alles nur ein Traum gewesen wäre, aber die zerknitterten Laken rochen nach ihr – frisch, warm und weiblich – und dieser Duft hatte ihn zum Leben erweckt.

Während er nun neben seiner schönen neuen Frau ging, musste er dem Verlangen widerstehen, sie die Treppe hochzutragen, sie auf das Bett zu werfen und den ganzen Tag bei ihr zu liegen.

„Im Backhaus sollte noch Gerstenbrot sein", sagte sie und schob ihn aus der großen Halle.

Der Burghof war immer noch schneebedeckt, aber die Sonne zeigte sich an diesem Morgen. Eiszapfen tropften

von den Schilfdächern der Außengebäude. Der Schnee glitzerte wie Kristalle.

Seine Braut trug immer noch ihre Hausschuhe. Also hob er sie hoch, um sie zum Backhaus zu tragen.

Erschrocken kreischte sie.

Er grinste zu ihr herab, doch dann bemerkte er etwas, das sein Lächeln verschwinden ließ. Eine Seite ihres Gesichts war rot, als wenn jemand sie geschlagen hätte.

Er blieb stehen und hob ihr Kinn, um es sich genauer anzuschauen. Er biss die Zähne zusammen. „Eure Wange; hat Euch jemand geschlagen?"

Sie runzelte die Stirn und zog ihr Kinn weg. „Nay", antwortete sie. „Ich habe wahrscheinlich nur darauf geschlafen."

Er hegte den Verdacht, dass sie ihm nicht die Wahrheit sagte. „Ihr wisst schon, dass ich jetzt Euer Beschützer bin." Tatsächlich war er überrascht, wie beschützerisch er sich ihr gegenüber fühlte. „Wenn Euch jemand anrührt, muss er sich vor mir verantworten."

Als er das sagte, wurde ihr Blick ganz weich und Tränen stiegen ihr in die Augen und er meinte es ernst. Jeder Mann, der Hand an eine schutzlose Frau legte, verdiente es, zu Brei geschlagen zu werden.

„Das ist sehr ritterlich", sagte sie. „Aber Ihr wisst, dass ich aus einer alten Familie von Kriegerinnen stamme."

„Das habe ich gehört."

Trotzdem fiel es ihm schwer zu glauben, dass seine kleine zierliche Frau einen erwachsenen Mann abwehren könnte. Wenn jemand sie geschlagen hatte, wobei er ihren

Vater in Verdacht hatte, wäre es vielleicht eine gute Sache, sie von hier wegzubringen.

Er trug sie zum Backhaus. Wie sie versprochen hatte gab es Gerstenbrote frisch aus dem Ofen. Sie waren warm, schmeckten nach Butter und waren nahrhaft. Er aß drei Stück, aber den letzten Bissen sparte er für sie auf. Er fütterte sie und ließ dabei seine Fingerspitze auf ihrer Lippe liegen.

Jetzt hatte er schon mal einen Hunger gestillt, aber der andere nagte noch an ihm. Er starrte auf ihren schönen Mund und ohne, dass es ihn kümmerte, ob dies in Schottland schicklich war oder nicht, zog er sie fester an sich, hob ihr Kinn und küsste sie zärtlich auf ihre Lippen.

Sie reagierte sofort und schloss ihre Augen. Ihre Lippen waren weich unter seinen, während sie an ihm dahin schmolz. Er zog sie noch fester an sich und genoss ihre Wärme. Ihre Arme legten sich um seinen Hals. Und dann spürte er eine so starke Lüsternheit in seiner Hose, dass er sie kaum verbergen konnte.

Sie keuchte leicht und er wusste, dass sie es auch fühlte. Ohne ein weiteres Wort beendete er den Kuss, nickte dem Bäcker zu, nahm seine Braut und machte sich auf den Weg zurück zur Burg.

Dankenswerterweise begegnete ihm niemand, weder ihr unangenehmer Vater, noch einer seiner Ritter oder Caimbeul. Er erklomm die Treppe und drückte die Tür zu ihrem Zimmer auf.

Dann erstarrte er. Ihre Schwester war da und durchwühlte Cathalins Kleidung.

„Oh", rief sie überrascht und schaute von einem zum

anderen. „Ich ... ich muss mir nur ... ein Kleid ... von Cathalin leihen. Ist das in Ordnung ... Cathalin?"

Ysenda hatte sich noch nie unbehaglicher geführt. Es stand jetzt außer Frage. Sie hatten sich alle verschworen, um den normannischen Ritter zu überlisten. Wenn er herausfand ...

Sie schaute zu ihm und schluckte. Wenn man die Breite seiner Brust, seine mächtigen Muskeln und die prächtigen Männer, die ihm überall folgten, bedachte, wollte sie nicht dabei sein, wenn er es herausfand.

Aber sie konnte jetzt nichts mehr deswegen unternehmen. Solange ihre Schwester Zugang zu ihren extravaganten Gewändern hatte, schien es sie nicht im Mindesten zu stören, dass Ysenda den Mann vögelte, der ihr Ehemann hätte sein sollen.

„Cathalin?", fragte ihre Schwester noch einmal.

„Natürlich", sagte Ysenda. „Bedient Euch."

Sie grinste sie wissend an. „Ich kann auch später wiederkommen, wenn ..."

„Nay", antwortete sie. „Wir sind nur ..."

„Aye", sagte Noël zur gleichen Zeit. „Kommt später wieder."

Cathalin verließ das Zimmer mit einem Zwinkern und winkte kokett mit den Strümpfen, die sie herausgesucht hatte.

Das Ganze war eine Katastrophe. Ysenda hatte immer noch gehofft, dass sie ihre Schwester, wenn schon nicht ihren Vater, davon überzeugen könnte, zur Vernunft zu kommen. Sicherlich würde Cathalin nicht zur Zielscheibe

des Zornes des Königs werden. Aber jetzt würde es unmöglich sein, ihre Schwester davon zu überzeugen, dass sie die Ehe nicht vollzogen hatten.

Noël schien ihre Verzweiflung nicht zu bemerken. Er hatte nur eins im Sinn. Und je länger Ysenda in seine glitzernden blauen Augen blickte, desto mehr musste sie zustimmen, dass nichts anderes wichtig zu sein schien.

Was als kleine einladende Küsse begann, wurde zwingender und fordernder. Entgegen besseren Wissens, begann sie, ihn zu streicheln und nach seiner Kleidung zu greifen. Als sie auf das Bett fielen, waren sie bereits halb ausgezogen.

Sie sagte sich, dass es nichts ausmachte, wenn sie sich noch einmal liebten. Schließlich hatten sie bereits die Ehe vollzogen. Was machte es schon aus, ob sie einmal, zweimal oder ein Dutzend Mal beieinander lagen? Eine Lüge war immer noch eine Lüge.

Aber in Wahrheit war sie zu überwältigt von Ihrem Verlangen, um klar denken zu können. Sie wollte ihn. Sie wollte das hier und als Noël seinen Surcot abstreifte und beiseite warf, raubte sein Anblick ihr den Atem.

Sie hatten keine Zeit für die Spielchen von der Nacht zuvor. Sie wussten beide, was sie brauchten. Es gab keinen Grund für eine Verzögerung.

Er schob ihre Röcke hoch und drang in sie ein. Mit zitterndem Verlangen hieß sie ihn willkommen.

Dieses Mal fühlte es sich an, als würden sie zusammen einen Hügel hinauflaufen. Sie keuchten vor Anstrengung, während sie sich dem Gipfel näherten. Als sie oben waren, hielten sie inne, um das schöne Tal unten zu bewundern.

Dann purzelten sie auf der anderen Seite so schnell wie ein Wasserfall nach unten, sprangen über die Felsen und tauchten in ein tiefes, erfrischendes Gewässer.

Als sie anschließend wieder zu Atem kam, dachte Ysenda, dass sie sich noch nie so zufrieden gefühlt hatte, während sie hier in Noëls Armen lag. Eine helle Glut schien sie zu umgeben und beschützte sie vor Reue, Schuld und Sorge. Sie schloss die Augen und genoss den Frieden völliger Zufriedenheit.

Aber schon bald verschwand er wieder und sie war von Reue und Sorge erfüllt.

Was würde er denken, wenn er herausfand, dass sie eine Heuchlerin war. Würde er glauben, dass sie nicht besser als eine Dirne war, die ihn für ihre eigene Genugtuung benutzte? Oder einfach nur eine herzlose Verräterin?

Sie biss sich auf die Lippe, als ihr ein noch schlimmerer Gedanke in den Sinn kam.

Was, wenn er sie geschwängert hatte?

Er lehnte auf einem Ellbogen und blickte mit Verehrung und Dankbarkeit auf sie herab – zwei Dinge, von denen sie wusste, dass sie sie nicht verdient hatte, aber sie zwang sich zu einem Lächeln.

„Lasst uns von hier verschwinden", sagte er mit einem schiefen Grinsen.

„Jetzt?" Einen schrecklichen Augenblick lang dachte sie, dass er damit meinte, dass sie sofort nach Frankreich abreisen sollten.

„Aye." Er strich ihr das Haar aus der Stirn. „Warum packen wir nicht ein paar Leckereien zusammen und Ihr

könnt mir Euren verzauberten Brunnen zeigen?"

Sie atmete tief durch. Sehr gute Idee. Sie musste unbedingt aus der Verführung des Schlafzimmers flüchten. Es bestand immer noch die Chance, dass Cathalin beschloss, das Richtige zu tun und ihren vorgesehenen Bräutigam zu heiraten. Ysenda wollte diese Möglichkeit nicht noch mehr gefährden.

Äußerst reumütig zog sie die wärmste Kleidung und die dicken Stiefel ihrer Schwester an. Sie verabschiedete sich von dem weichen Bett und der Ekstase, die sie nie wieder erleben und doch niemals vergessen würde.

Noël wusste, dass seine Männer unruhig wurden und nach Hause wollten. Und nun, da die Ehe vollzogen war, gab es keinen Grund weiterhin in Schottland zu bleiben. Wenn sie morgen abreisten, könnten sie noch ein wenig vom Julfest zuhause genießen.

Bei dem Gedanken, seine neue Braut seiner Familie vorzustellen, lächelte er. Er konnte es gar nicht abwarten, Cathalin die schönen Julfest Krippen zu zeigen. Er wollte, dass sie die Akrobaten und Minnesänger in seiner Halle erlebte und an seinem Geburtstag wollte er warmen gewürzten Wein mit ihr am Kamin trinken.

Aber er wollte ihrem Clan gegenüber auch nicht unhöflich sein. Eines Tages würde all das ihm gehören und er hatte es noch nicht einmal richtig angesehen. So sehr er auch lieber den ganzen Tag mit seiner süßen Frau im Bett geblieben wäre, beschloss er, dass er sich doch erst einmal den Besitz ansehen sollte.

Während sie durch den Schnee in Richtung Wald stapften, musste Noël zugeben, dass er von der Größe des Besitzes überrascht war. Scheinbar war der König recht großzügig gewesen. Sie wanderten eine ganze Zeit lang.

„Wie weit ist es noch?", fragte er.

„Nicht weit. Hinter den Bäumen auf der Lichtung."

Ihre Wangen waren von der Kälte gerötet, ihr Atem war als Nebel in der Luft zu sehen und ihre grauen Augen funkelten vor Aufregung. Es schien schon fast schade, dass er sie von dem Land, das sie so sehr liebte, wegreißen sollte.

„Dort", keuchte sie, als sie schließlich die kleine Lichtung im Wald erreichten, wo die wenigen Sonnenstrahlen glitzernde Edelsteine im Schnee entstehen ließen.

Von dem Brunnen war nicht mehr viel da. Er war eine Ruine. Ein kleiner Bach schlängelte sich links entlang der Mauer und tröpfelte auf der anderen Seite herab. Farne wuchsen zwischen den moosbedeckten Steinen. Um die Lichtung standen verschneite Tannen, deren Wipfel zum Brunnen hingebogen waren, wie um ihn vor Störenfrieden zu schützen. Wenn Noël es nicht besser gewusst hätte, hätte er gesagt, dass es ein magischer Ort war.

Als sie näherkamen, sah er, dass ein seltsamer flacher Stein auf dem Brunnen lag. Er sah aus wie ein Deckel.

„Obendrauf ist eine Inschrift", erklärte sie ihm. „Seht Ihr die Wikinger Runen?"

„Was steht da?"

„Es ist ein Segenswunsch. Für eine ruhige Reise, glückliche Tage und starke Taten für Odin."

„Odin?"

„Der Wikinger Gott." Sie strich mit den Fingern leicht über die geschnitzten Runen. „Und hier steht ‚Möge Eure Liebe aufrichtig in Eurem edlen Herzen sein'."

Er nickte. „Das hört sich wie ein guter Segenswunsch an." Er zog seinen Dolch. „Glaubt Ihr, dass wir es einmal probieren sollten? Sollen wir Locken von unserem Haar abschneiden und ...

„Oh nay", platzte sie heraus. „Ich glaube eher nicht."

Ihre Reaktion überraschte ihn. Gestern hatte er erwartet, dass sie Bedenken hätte, einem Mann treu zu sein, den sie noch nie gesehen hatte, aber jetzt waren sie richtig verheiratet.

Und sie hatten sich geliebt.

Zweimal.

„Nay?"

„Es ist nur, dass ich ...", sagte sie stotternd, „nicht so sehr an Wünsche glaube."

„Aha." Sie war ihm gegenüber nicht ganz ehrlich, aber er nahm an, dass es nichts ausmachte. Mit oder ohne Wunsch beabsichtigte er in seinem edlen Herzen aufrichtig zu sein und er beabsichtigte, seine neue Braut so zufrieden zu stellen, dass sie noch nicht einmal darüber nachdenken würde, auf Abwege zu geraten.

Er steckte den Dolch in die Scheide und schaute dann am Steindeckel vorbei in die Tiefe des Brunnens. Es erschien ihm gefährlich, diesen offen zu lassen. Ein kleines Kind könnte hineinfallen und ertrinken. *ihr* kleines Kind.

„Er ist tief", sagte er stirnrunzelnd. „Wenn ich schon jetzt der *Laird* wäre, würde ich ihn schließen."

„Oh, das dürft Ihr nicht."

„Und warum nicht?"

„Weil die Geister dann darin gefangen sind. Außerdem werfen all die Mädchen ihre Wünsche um diese Jahreszeit hinein."

„Ich dachte, Ihr glaubt nicht an Wünsche."

„Das tue ich auch nicht", sagte sie und errötete ein wenig, „aber die anderen..."

„Ich verstehe", sagte er mit einem Grinsen. Er verschränkte die Arme über seiner Brust. „Wisst Ihr, Ihr seid recht hübsch, wenn Ihr so errötet."

Sie knuffte ihn. „Ich erröte nicht. Das ist nur die Kälte."

„Nun, dann muss ich Euch wohl wärmen?" Er wartete gar nicht auf eine Antwort. Stattdessen öffnete er seinen Umhang und legte ihn um sie, sodass er sie beide umhüllte. „Besser?"

Ysenda nickte. Sie musste zugeben, dass es so besser war, aber nicht, weil sie fror. Schließlich hatte sie das dicke Blut eines Highlanders und der mit Fell gefütterte Wollumhang und die dicken Lederstiefel ihrer Schwester waren ein guter Schutz gegen den Schnee.

Es war besser, weil sie sich in Noëls Armen beschützt fühlte.

Sie konnte sich natürlich auch selbst beschützen. Ihre Mutter hatte ihr ausreichende Fähigkeiten im Kampf vermittelt, um sicherzustellen, dass ihre Tochter nicht verletzbar sein würde.

Aber noch nie hatte jemand sich für Ysenda stark

gemacht. Sie musste gegen die Vorurteile ihres Vaters ankämpfen. Sie hatte gegen die Arroganz ihrer Schwester gekämpft, sie hatte ihren Bruder verteidigt, als dieser zu schwach war, um sich selbst zu verteidigen und sie hatte immer allein gekämpft. Nie hatte sich jemand eingemischt und sich auf ihre Seite gestellt.

In den Armen dieses normannischen Kriegers fühlte sie sich zum allerersten Mal völlig sicher.

„Wie lange seid Ihr schon Ritter?", fragte sie.

„Ich bin ein de Ware. Ich wurde praktisch mit einem Schwert in der Hand geboren."

Sie schmunzelte und knuffte ihn in die Rippen. „Das muss sehr schmerzvoll für Eure Mutter gewesen sein."

„Oh, aye, die arme Frau bekam acht von uns kleinen Rittern."

„Acht? Das ist keine Familie. Das ist eine Armee."

„Die beste Frankreichs", sagte er stolz. Er legte seine Arme fester um sie. „Ich kann es gar nicht abwarten, Euch meinen Brüdern zu präsentieren."

Er begann, ihre Namen auf zu sagen, die sie sich gar nicht alle merken konnte und er fügte eine heitere Beschreibung von jedem hinzu. Bei jedem Namen wurde Ysenda trauriger. Sie hörten sich so wunderbar an und sie würde sie niemals kennen lernen. Sie musste sich dieser Tatsache stellen.

Fürwahr, sie hatte keinen Wunsch an dem Wikinger Brunnen herausgebracht, weil sie sich keine falschen Hoffnungen machen wollte, dass sie ihn irgendwie für sich behalten könnte.

Während sie den Bach schweigend beobachtete, spiegelte sich der Brunnen in ihren Augen und füllte sich mit Wasser. Eine verstohlene Träne lief ihr über die Wange, während sie sich mit ganzem Herzen nach dem sehnte, was sie nicht haben konnte. Dann schämte sie sich ihrer Selbstsucht und wischte sie schnell weg.

Seine Stimme war voller Zuneigung, während er weiter über seine Familie sprach. In der Zwischenzeit plätscherte das Wasser über die Steine. Das Eis am Rand des Ufers brach ab und fiel der Sonne zum Opfer. Geschmolzener Schnee tropfte von den Bäumen.

Ysenda schloss die Augen und wünschte sich, dass sie für immer hier in seinen Armen bleiben könnte.

Sie wünschte sich viele Dinge.

Aber was sie gesagt hatte, stimmte. Sie glaubte nicht an Wünsche.

KAPITEL 6

oël verbrachte den größten Teil des Morgens mit seiner neuen Braut und wanderte mit ihr über Hügel und durch Moore, durch den Wald und am großen See vorbei. Unterwegs hielten sie an, um ihre Haferkuchen und den Weichkäse, den sie eingepackt hatten, zu essen und mit Apfelwein hinunter zu spülen.

Danach zeigte sie ihm den besten Platz zum Angeln und die Stelle, an der die Mädchen gerne im Sommer badeten. Sie zeigte ihm die Überreste des Wikinger Langhauses, wo sie früher gerne gespielt hatte und den Hain mit den Stechpalmen, wo ihre Mutter einst zwei Wölfe abgewehrt hatte. Er erkannte, wie sehr sie das Land liebte. Es brachte ihn dazu, es auch zu lieben.

Aber in ihren grauen Augen war eine gewisse Traurigkeit zu sehen. Er überlegte, ob sie bei dem Gedanken traurig war, ihr Zuhause zu verlassen? Oder ob es etwas anderes war?

Er dachte wieder an den jungen Mann, der neben ihr am Tisch gesessen hatte. Sie schienen sich sehr nahe zu stehen.

Gehörte ihm ihr Herz? Eifersucht stieg in Noël auf.

Er nahm an, dass es nichts ausmachte. In ein oder zwei Tagen würden sie auf ihrem Weg nach Frankreich sein und alle, die sie kannte, weit hinter sich lassen.

Aber das änderte nicht die Art und Weise, wie sie sich *fühlte*. Noël wollte, dass seine Braut *ihn* liebte.

Der Gedanke war lächerlich. Er war nur zu einem Zweck nach Schottland gekommen – um ein politisches Bündnis zu bilden. Sich zu verlieben war niemals Teil seiner Pläne gewesen.

Aber das änderte nichts an der Tatsache, dass er jetzt ihr Herz gewinnen wollte. Er wollte sie zum Lächeln bringen. Er wollte die Freude zurück in ihre Augen bringen.

„Also, wann habt Ihr das letzte Mal eine *Schneefrau* gebaut?", fragte er.

Sie runzelte die Stirn. „Ich habe schon mal einen Schneemann gebaut."

„Ach, aye, jeder hat schon mal einen Schneemann gebaut, aber habt Ihr schon mal eine *Schneefrau* gebaut?"

Sie grinste ihn skeptisch an. „Ich glaube nicht, dass da ein großer Unterschied ist."

„Was? Natürlich gibt es einen Unterschied. Kommt, ich zeige es Euch."

Zusammen türmten sie Schnee auf, bis sie einen senkrechten Hügel von ungefähr ihrer Größe gebaut hatten. Er rundete das obere Ende zu einem Ball ab, der einen Kopf darstellen sollte. Sie formte zwei Stümpfe, die als dicke Arme dienen sollten. Dann suchte sie zwei Tannenzapfen für die Augen. Er formte eine kleine Nase und steckte einen Zweig hinein, sodass es wie eine tiefe Falte aussah.

„Warum ist sie so unglücklich?", fragte sie.

„Weil sie wie ein Schneemann aussieht."

„Ich habe Euch doch gesagt, dass da kein Unterschied ist."

Er schaute finster, strich sich über das Kinn und betrachtete die Skulptur. „Wenn Ihr vielleicht ein wenig schönes Haar für sie finden würdet."

Sie schaute sich im Tal um und fand goldene Tannennadeln in der Nähe der Baumstämme. Während sie diese sammelte, machte er sich an die Arbeit. Er formte zwei kleiner Schneebälle und pflückte zwei Ilexbeeren, die er jeweils in die Mitte eines Schneeklumpens drückte. Diese brachte er dann strategisch an der Vorderseite des Körpers an. Dann wartete er auf ihre Rückkehr.

Zuerst keuchte sie und dann kicherte sie. Es klang wunderbar.

„Ihr solltet Euch schämen, Sir Noël", schimpfte sie und konnte dabei aber nicht ernst bleiben.

„Mich schämen?", fragte er unschuldig. „Warum?"

Ihre silbrigen Augen tanzten lebhaft, als sie sich neben ihn stellte. „Ihr werdet sie doch nicht so lassen."

„Wie?"

Sie knuffte ihn mit dem Ellenbogen. „Unbekleidet."

„Ihr geht es gut", versicherte er ihr. „Ihr wird nicht kalt. Sie ist eine *Schneefrau*."

„Ich meine nicht die Kälte und das wisst Ihr genau."

Er streckte die Hand aus, nahm den Zweig und platzierte ihn so, dass ein Lächeln daraus wurde. „Aber schaut, wie glücklich sie jetzt ist."

Sie schüttelte den Kopf. „Ihr seid ein frecher Junge."

Er zwinkerte ihr zu. „Ah. Wartet nur, bis ihr meinen *Schneemann* seht."

Einen Augenblick lang starrte sie ihn nur an. Schließlich weiteten sich ihre Augen und ihr Mund bildete ein schockiertes „O". Dann begann sie ihn mit Tannennadeln zu bewerfen.

Er lachte und schüttelte sie ab, ergriff sie an der Taille und zog sie zu sich hin.

Sie zu küssen fühlte sich so natürlich und instinktiv an wie atmen. Ihre Lippen öffneten sich so bereitwillig wie ein Schloss, in dem ein Schlüssel gedreht wird. Sie lachte in seinen Mund hinein und er hob sie vor Freude hoch in seine Arme. Ihre Zungen berührten sich und ein Blitz durchfuhr ihn, der ihn sofort hart und bereit machte.

Wenn es Sommer gewesen wäre, hätte er seinen Wappenrock auf das weiche Gras gelegt und sie hier an Ort und Stelle geliebt.

Aber die Welt war nass und gefroren.

Zwischen den Küssen keuchte er: „Lasst uns zurück zur Burg gehen, bevor ich Euch in eine *Schneefrau* verwandele."

Er schüttelte seine Lüsternheit ab, nahm sie an die Hand und begab sich auf den kurzen Weg zurück, wobei er glücklich war, dass er sie zum Lächeln gebracht hatte. Als sie aus dem Wald kamen und die Burg in Sichtweite war, dachte er bereits an ihr warmes Schlafzimmer.

„Wer als erster da ist", sagte er.

„Was?" Sie kicherte.

„Nun kommt schon. Wer als erster am Tor ist, darf den Verlierer ausziehen."

Sie überlegte immer noch, ob es besser war zu gewinnen oder zu verlieren, als er durch den Schnee losrannte.

„Wartet!", rief sie. „Ihr habt mich getäuscht!"

„Beeilt Euch!"

„Aber Ihr habt nicht *los* gesagt!"

„Los!", brüllte er.

Er hatte bereits einige Meter Vorsprung, aber dann machte er den Fehler, sich voller Schadenfreude umzudrehen. Während er rückwärts rannte, blieb seine Ferse an einer Baumwurzel hängen und er fiel direkt auf seinen Hintern.

Sie lachte und rannte an ihm vorbei, während er sich wieder hoch kämpfte.

„Kommt zurück, Frau!", rief er ihr nach.

„Wohl kaum!", krähte sie.

„Aber eine Frau soll ihrem Mann gehorchen!"

Sie lachte nur.

Schmunzelnd klopfte er den Schnee von seinem Surcot und ließ ihr einen kleinen Vorsprung. Er genoss die Aussicht, während er ihren wackelnden Po beobachtete und hin und wieder einen Blick auf ihre schönen Waden erhaschte, als sie ihre Röcke hochraffte, um durch den Schnee zu laufen.

Er konnte es immer noch nicht fassen, dass sie ihm gehörte. Dieses atemberaubende, lebhafte, schöne Mädchen aus den Highlands gehörte wahrhaftig zu ihm. Er wusste nicht, warum er ein solches Glück hatte, aber er beabsichtigte nicht, sie jemals wieder von ihm weggehen zu lassen. Weder jetzt noch jemals.

Schließlich ließ er sie knapp gewinnen. Den ganzen Weg über berührte er sie an den Fersen, woraufhin sie einen Augenblick in Panik kreischte und im nächsten über seine Possen kicherte. Als sie am Tor zusammenbrachen, waren sie außer Atem vom Laufen und kicherten albern.

Er grinste in ihre funkelnden grauen Augen und beugte sich zu ihr, um sie zu küssen, wobei er beschloss, dass es ihm einerlei war, ob das schicklich war oder nicht. Was sollte es denn ausmachen, wenn ein paar neugierige Clansmänner sahen, wie sehr er seine Braut liebte?

Ihre Lippen waren kühl. Ihre Zunge war warm. Ihr Atem vermischte sich mit seinem, während sie sich küssten, zu Luft kamen und sich wieder küssten.

„Ihr habt gewonnen", flüsterte er und legte seine Handfläche um ihr Gesicht. Dann trat er mit ausgestreckten Armen zurück. „Also los. Zieht mich aus."

Sie keuchte freudig schockiert und knuffte ihn in die Brust. „Ihr seid ein böser, böser Mann."

Sie müsste noch ein paar mehr „böse" hinzufügen, wenn sie die lüsternen Gedanken, die ihm gerade durch den Kopf gingen, lesen könnte. Natürlich hatte er nicht vor, auch nur einen davon in die Tat umzusetzen. Inzwischen wurden sie nämlich von einigen Leuten beobachtet.

Stattdessen begleitete er sie höflich durch das Tor und hielt ihre Hand.

Im Burghof herrschte große Geschäftigkeit wegen der Vorbereitung auf das Julfest. Köche grillten Schafe auf einem großen Spieß, Dienerinnen verzierten immergrüne Zweige mit roten Bändern, Küchenjungen brachten Körbe voll Brot in die Burg und in einer Ecke des Hofes, wo der

Schnee weggeschaufelt worden war, übten seine Männer und boten so eine lebhafte Unterhaltung für den *Laird* und die kleinen Jungen, die herumstanden.

Als Noël den Blick hob, sah er, dass noch jemand zuschaute. Vom obersten Turmfenster aus beobachtete Caimbeul die Ritter konzentriert.

„Sie sind sehr gut", rief seine Braut, als sie sah, wie seine Männer miteinander kämpften.

Er lächelte. „Aye. Die Ritter von de Ware sind die besten Schwertkämpfer in ganz Frankreich."

Er schaute wieder nach oben zu dem Fenster. Caimbeul hatte ihn gesehen. Der junge Mann warf ihm einen giftigen Blick zu.

Noël runzelte die Stirn. Handelte es sich um Eifersucht? Er musste es herausfinden. Er könnte zwar das gebrochene Herz des Jungen nicht in Ordnung bringen, aber er könnte zumindest versuchen, Frieden mit ihm zu schließen und die Wahrheit, dass Cathalin nun seine Frau war, erträglicher machen.

„Möchtet Ihr ihnen ein wenig zuschauen?", fragte er sie.

„Aye, wenn es Euch nichts ausmacht."

„Überhaupt nicht." Er küsste die Rückseite ihrer Hand, ließ sie dann los und schaute wieder zu dem finster dreinblickenden Caimbeul. „Ich bin gleich zurück. Ich muss mich um etwas kümmern."

Ysenda bewunderte gute Schwertkämpfer. Diesen Charakterzug hatte sie zweifellos von ihrer Mutter geerbt.

Die Ritter von de Ware waren viel besser als alle Kämpfer, die sie jemals in Schottland gesehen hatte.

Aber das war nicht der wahre Grund, warum sie sie beobachten wollte.

Am meisten wollte sie vermeiden, in Cathalins Schlafzimmer zu gehen.

Ysenda war nun schwächer denn je. Nicht nur sehnte sie sich nach diesem normannischen Ritter mit dem gutaussehenden Gesicht, dem wirren Haar und den strahlenden blauen Augen, jetzt verehrte sie ihn auch noch.

Er brachte sie zum Lachen, er sorgte dafür, dass sie sich schön fühlte und dass sie sich geliebt fühlte.

Sie blickte auf den Ring mit dem Wolf von de Ware an ihrem Finger. Ihn aufzugeben würde schmerzhaft werden und je vertrauter sie miteinander wurden, desto schwerer würde es sein.

Auch Cathalin schaute den Rittern bei ihrem Kampf zu. Wenn Ysenda ihre Schwester einmal allein erwischen würde und mit ihr sprechen könnte, könnte sie sie zur Vernunft bringen.

Als Noël weg war, ging sie zu ihr.

„Cathalin", flüsterte sie und zog sie am Ärmel.

Cathalin drehte sich heftig um. „Nennt mich nicht so", zischte sie. „Sie könnten Euch hören."

„Wir müssen reden."

„Es gibt nichts, worüber wir sprechen müssen."

„Es wird nur einen Augenblick dauern. Wir werden uns wahrscheinlich jahrelang nicht wiedersehen. Können wir uns nicht zumindest verabschieden?"

Cathalin verdrehte die Augen. „Also gut. Ich bin es sowieso leid, diesen französischen kleinen Jungen mit ihren kleinen Schwertern zuzuschauen."

Kleine Schwerter? Ihre Breitschwerter waren vielleicht nicht so groß wie die schottischen Zweihandschwerter, aber Ysenda war sich sicher, dass ein beweglicher Normanne mit einem leichten Schwert einen Vorteil über einen Highlander mit einem schweren Schwert hatte.

Sie zogen sich zurück an eine Stelle an der Burgmauer.

Cathalin verschränkte die Arme über ihrer Brust. „Was wollt Ihr mir sagen?"

„Ich will, dass Ihr über das, was Ihr tut, nachdenkt."

„Ich weiß genau, was ich tue. Ich werde einen Highlander heiraten und er und ich werden die Burg erben und den Clan regieren, wenn Vater gestorben ist."

„Aber versteht Ihr denn nicht? Der König wird es nicht erlauben. Sie haben Euch einem Normannen versprochen, weil sie wollen, dass ein Normanne das Land bekommt."

„Es macht nichts aus, dass sie es nicht erlauben werden. Es wird geschehen. Ich werde verheiratet sein, bevor sie etwas sagen können." Sie grinste. „Außerdem habt Ihr die Ehe schon vollzogen und rechtmäßig gemacht."

„Wir können sagen, dass dem nicht so ist", sagte Ysenda und griff verzweifelt nach dem Ärmel ihrer Schwester. „Wir können sagen, dass sie nie vollzogen wurde. Dann seid Ihr frei, um ..." Sie erstickte fast an den Worten. „Sir Noël zu heiraten."

„Ich will Sir Noël aber gar nicht heiraten."

„Ihr müsst. Es ist der Wille des Königs."

„Das ist mir einerlei", sagte Cathalin schmollend.

„Außerdem hat Vater gesagt, dass der König es nicht wagen würde, in die Highlands zu kommen, um…"

Ysenda ergriff ihre Schwester an den Schultern. „Er wird kommen. Er wird Männer wie die dort schicken", sagte sie und zeigte auf die Ritter von de Ware. „Und sie werden jeden im Clan umbringen, wenn Ihr nicht den Willen des Königs befolgt."

Cathalin nahm Ysendas Hand von ihrer Schulter. „Dann werdet Ihr wohl weiterhin vortäuschen müssen, dass Ihr Cathalin seid. Nur so können wir den Frieden erhalten."

Ysenda seufzte frustriert. „Er wird es herausfinden. Selbst wenn ich nichts sage, wird es nicht ewig ein Geheimnis bleiben. Wenn Vater stirbt, kommt die Wahrheit ans Licht."

Cathalin richtete sich stolz auf. „Bis dahin wird mein Highlander Ehemann eine Armee um sich geschart haben, um die Burg zu verteidigen.", höhnte sie. „Seine Männer werden jeden dieser kleinen Jungen mit ihren kleinen Schwertern töten."

Ysenda konnte ihre Schwester nur beschämt anstarren. Wie konnte Cathalin nur so wahnsinnig und rücksichtslos sein? Sie würde Zerstörung über ihren Clan bringen und für was? Damit Sie den Mann ihrer Wahl heiraten könnte? Einen Mann, den sie noch nicht kennengelernt hatte?

Am liebsten hätte sie den perfekten Hals ihrer Schwester umgedreht.

Aber vielleicht sollte sie es mit einem anderen Ansatz probieren. Ysenda beabsichtigte nicht, statt Cathalin nach Frankreich zu gehen und Caimbeul und ihren Clan zurückzulassen, damit diese von der Armee des Königs getötet werden könnten.

„Ihr wisst doch, dass Sir Noël eine sehr gute Partie für Euch wäre." Sie brachte die Worte kaum heraus. „Er stammt aus einer sehr reichen Familie, Ihr würdet in einer schönen Burg leben, Ihr hättet alles, was Ihr Euch wünscht. Diener, die nach Eurer Pfeife tanzen, so viele neuen Gewänder, wie Ihr wollt. Edelsteine, Pelze und Falken. Sir Noël würde Euch sicherlich jeden Wunsch erfüllen und Eure Kinder wären die schönsten Kinder in ganz Frankreich."

„Vielleicht." Cathalin schniefte. „Aber ich weigere mich, einen solch blinden und dummen Mann zu heiraten."

Sie blinzelte. „Was meint Ihr damit?"

Cathalin hob hochnäsig das Kinn. „Wie konnte der Narr glauben, dass Ihr das schönste Mädchen in ganz Schottland wärt?"

Während Ysenda mit offenem Mund dastand, raffte Cathalin ihre Röcke und marschierte beleidigt von dannen.

Ysenda konnte ihr nur noch hinterher starren. Darüber konnte sie nicht mit ihr streiten. Sir Noël war tatsächlich dieser Meinung gewesen. Und wenn Cathalins Stolz verletzt war, konnte man ihre Gefühle nicht wieder beschwichtigen.

Verflucht. Jetzt wusste sie nicht, was sie noch tun sollte.

Noël klopfte leise an die Tür. „Caimbeul?"

Es kam keine Antwort. Aber er hörte ein erschrockenes Kratzen auf der anderen Seite.

Langsam öffnete er die Tür und war bereit, sich notfalls zu verteidigen.

Caimbeul saß auf dem Boden unter dem Fenster und schaute ihn finster an.

„Ich muss mit Euch sprechen", sagte Noël.

Caimbeuls Blick wurde argwöhnisch.

Noël schloss die Tür hinter sich. Caimbeul machte keine Anstalten aufzustehen, aber vielleicht war es aufgrund seiner verkrüppelten Gestalt auch schwierig für den jungen Mann zu stehen. Er ging vor dem Jungen in die Hocke.

„Ich glaube, es ist am besten, wenn wir offen sprechen", sagte er zu ihm, „und daher möchte ich die Wahrheit von Euch hören. Hegt Ihr ... Gefühle für meine Braut?"

Caimbeul verzog das Gesicht. „Gefühle? Was meint Ihr damit?"

„Romantische Gefühle."

Caimbeul kniff die Augen vor Zorn zusammen. Bevor Noël zur Seite ausweichen konnte, schoss die Faust des jungen Mannes vor. Glücklicherweise verfehlte sie Noëls Nase, weil eine schwere Eisenkette um sein Handgelenk den Schlag zu kurz geraten ließ. Trotzdem zuckte Noël instinktiv zurück und fiel rückwärts auf seinen Hintern.

„Wie könnt Ihr es wagen!", brüllte Caimbeul, „sie ist meine Schwester, Ihr Trottel!"

Noël wusste nicht, was ihn mehr schockierte – die Tatsache, dass Caimbeul für einen verkrüppelten Mann einen solch beeindruckenden Schlag auf Lager hatte, dass er wie ein Tier angekettet war oder dass er der Bruder seiner Braut war. Als Zeichen des Friedens hob er eine Hand.

„Wartet. Ihr seid ihr Bruder? Der Sohn des *Lairds*?"

„Aye", brachte er heraus.

Noël neigte sich vor und legte seine Unterarme auf seine Knie. Er erinnerte sich an das Verhalten des *Lairds* Caimbeul gegenüber bei Tisch. Er hatte ihn nicht einmal als seinen Sohn vorgestellt und er hatte ihn mit einem offensichtlichen Mangel an Respekt behandelt.

„Hat Euer Vater Euch in Ketten gelegt?"

Caimbeul antwortete nicht. Sein beschämter, finsterer Blick war Antwort genug.

Warum würde der *Laird* so etwas tun? Hatte er Angst, dass sein Sohn die Hochzeit stören würde? Vielleicht dachte Caimbeul, dass er seine Schwester beschützen müsste.

„Sagt es mir von Mann zu Mann", sagte Noël, „lehnt Ihr mich ab? Glaubt Ihr, dass ich nicht gut genug für Eure Schwester bin?"

Caimbeuls Augen funkelten vor stillem Zorn. „Welche Schwester?"

Das war eine seltsame Frage. „Natürlich die, mit der ich verheiratet bin."

Caimbeul starrte ihn lange Zeit schweigend an, als wenn er überlegen würde, ob er noch etwas sagen sollte oder nicht. Schließlich sprach er: „Ihr seid nicht mit der Richtigen verheiratet."

„Was meint Ihr damit?"

Statt zu antworten konzentrierte Caimbeul sich auf den Boden und fragte angespannt: „Ihr habt mit ihr geschlafen, nicht wahr?"

Noël ließ die Worte des Jungen erst einmal sacken. Was meinte er mit „*die Richtige*"? War es möglich, dass er die falsche Schwester geheiratet hatte?

„Sie ist doch Cathalin. Aye?", fragte er und hatte Angst vor der Antwort.

„Sie ist es nicht."

Noël spürte, wie der Atem in seiner Brust gefror. Wie konnte das sein? Wie könnte er die falsche Schwester geheiratet und bei ihr gelegen haben?

Dann blickte er wieder zu dem jungen Mann. Vielleicht war er verrückt. Vielleicht war Caimbeul verwirrt. Vielleicht hatte sein Vater ihn deswegen an die Kette gelegt.

„Seid Ihr sicher?", fragte er.

„Natürlich bin ich sicher. Ich kenne doch meine eigenen Schwestern." Höhnisch fügte er hinzu: „Ihr habt Ysenda und nicht Cathalin geheiratet und bei ihr gelegen."

Noël konnte es kaum erfassen. Langsam stand er auf. „Aber warum würde ..."

„Mein Vater wollte einen Highlander und keinen Normannen als Erbe für sein Land."

„Aber es ist nicht die Entscheidung Eures Vaters. Zwei Könige haben diese Ehe befohlen."

„Aye und Ihr habt den Befehl befolgt. Soweit Ihr wisst, seid Ihr mit Cathalin verheiratet."

„Aber das ist lächerlich. Wenn Sie nicht die echte Cathalin ist, wenn der *Laird* stirbt, ..."

„Werdet Ihr nichts erben. Das Land wird an die echte Cathalin und ihren Ehemann aus den Highlands gehen."

Noël war perplex. „Das konnte nicht wahr sein. Jeder im Clan musste in die Täuschung eingeweiht sein, um ..."

„Niemand sagte ein Wort, als Ihr Ysenda für Cathalin gehalten habt. Sie hatten zu viel Angst, sich gegen ihren *Laird* zu stellen. Mein Vater war über die Maßen erfreut.

Ihr kamt ihm gerade recht."

Noël rang nach Luft. Wie konnte das passiert sein? War sein ehrlicher Fehler eine rebellische Handlung? Er schüttelte den Kopf, der ihm schwirrte, als er über die Ereignisse des vergangenen Tages nachdachte.

„Euer Vater hatte Angst, dass Ihr etwas sagen würdet", wurde ihm klar, „darum hielt er Euch das Messer an die Kehle."

Caimbeul nickte.

„Und darum hat er Euch jetzt in Ketten gelegt."

„Aye."

„Dann darf er nicht wissen, dass ich hier war, um mit Euch zu sprechen." Noël richtete sich auf und legte beruhigend eine Hand auf Caimbeuls Unterarm. „Ich weiß nicht wie, aber ich verspreche Euch ... Bruder, dass ich alles wieder in Ordnung bringe."

Mit diesen Worten verließ er die Kammer, aber er war alles andere als beruhigt. Als er die Treppe hinunterging, fing er an, nicht wie ein Freier, sondern wie ein Krieger zu überlegen.

Indem er ihm die falsche Braut angeboten hatte, hatte *Laird* Gille absichtlich einen Eid gegenüber zwei Königen gebrochen. Eigentlich sollte Noël ihn vor das königliche Gericht zerren.

Aber der Clan würde sich dann gegen ihn stellen, wenn er ihren *Laird* gefangen nahm. Das wollte er ganz sicherlich nicht, wenn man bedachte, dass er eines Tages für diese Leute verantwortlich sein würde. Er hatte seine Ritter nicht durch Zwang regiert, sondern, indem er sich ihren Respekt verdient hatte und so wollte er auch den Clan regieren.

Außerdem hatte er nur wenige seiner Männer mitgebracht. Fürwahr, sie waren die Ritter von de Ware, aber sie würden es mit Hundert zornigen Clans Männern zu tun haben.

Es musste einen anderen Weg geben und er würde ihn finden.

Aber das war noch nicht der schlimmste Aspekt der Täuschung für Noël. Das Schlimmste war, dass er wusste, dass seine Braut ihn angelogen hatte. Sie hatte seine Hand gehalten, ihn geküsst und das Eheversprechen gegeben.

Er runzelte die Stirn, als er sich erinnerte, dass sie ihn gebeten hatte, die Ehe nicht zu vollziehen. Vielleicht war das ein Augenblick von Reue gewesen.

Aber sie hatten die Ehe vollzogen. Sie hatte ihn gelassen ... nay, berichtigte er, er hatte sich ihr aufgedrängt. Es war ein Versehen gewesen, aber es war seine Schuld. Vielleicht hatte sie gar nicht gewollt, dass es passierte.

Trotzdem hatte sie ihm nicht die Wahrheit gesagt, dass sie nicht seine echte Verlobte war, obwohl sie genug Gelegenheit für eine Beichte gehabt hätte.

Sie hatte mit ihm gelacht.

Sie hatte mit ihm geschlafen.

Sie hatte ihn dazu gebracht, dass er sich in sie verliebte.

War das alles eine Lüge gewesen? Hegte sie keine Gefühle für ihn?

Er runzelte die Stirn und schluckte den Kloß, der in seinem Hals steckte, hinunter.

Es war einerlei, sagte er sich. Es war eh nicht beabsichtigt, dass sie Mann und Frau sein sollten. Er würde einen Weg finden, die Ehe zu annullieren. Niemand hatte

sie im Schlafzimmer gesehen. Er könnte behaupten, dass sie die Ehe nicht vollzogen hatten. So könnte sie ihr Leben weiterleben und wäre nicht mit der Sünde belastet.

Aber sein Herz fühlte sich an, als würde es zerbrechen. Er konnte ihre lachenden grauen Augen nicht aus seinem Kopf verbannen. Er konnte auch nicht an die andere Schwester, die er eigentlich heiraten sollte, ohne einen Schauder der Abneigung denken.

Er würde seine Pflicht für den König und sein Land tun, ganz gleich, wie schmerzhaft es sein würde, aber er würde niemals glücklich damit werden.

KAPITEL 7

Ysenda schaute mit dem Rest des Clans zu, wie das Feuer zum Julfest im Burghof entzündet wurde. Sir Noël stand neben ihr. Die Flammen beleuchteten sein Gesicht, aber seine Miene war undurchdringlich, seit er vom Turm zurückgekommen war. Sie wusste nicht, was los war. Irgendwie schien er ... distanziert.

Es war wahrscheinlich auch ganz gut so. Nachdem sie es nicht geschafft hatte, Cathalin davon zu überzeugen, das Richtige zu tun und Noël zu heiraten, glaubte sie, dass ihre einzige Hoffnung darin bestand, dass Noël sich in die echte Cathalin verliebte. Wenn er ihre Schwester erst einmal von ihrer besten Seite sah, könnte er nicht anders, als sich in sie zu verlieben. Alle Männer liebten Cathalin und natürlich würde sich Cathalin auch in ihn verlieben, denn welche Frau würde das nicht? Vielleicht könnte Ysenda dann den Schaden, der angerichtet worden war, wiedergutmachen.

Aber natürlich brach ihr die ganze Sache das Herz. Sie konnte den Gedanken, Noël zu verlieren nicht ertragen, schon gar nicht, wenn sie ihn an ihre verwöhnte Schwester

verlieren würde, aber sie würde das Opfer bringen, für ihren Bruder, den sie geschworen hatte zu beschützen und für ihren Clan, dem sie Loyalität schuldete.

„Ysenda!", rief sie ihrer Schwester leise zu und berührte sie, als sie nicht auf den Namen reagierte.

Cathalin schaute finster.

Unbeeindruckt berührte Ysenda Noël am Unterarm und lächelte ihrer Schwester zu. „Ich wollte gerade Sir Noël davon erzählen, wie wir versucht haben, die Hundewelpen aus dem Teich zu retten."

Cathalin starrte sie schweigend an. Schließlich zuckte sie mit den Schultern und sagte: „Dann erzählt doch."

Ysenda blickte ihre Schwester direkt an. „Aber Ihr könnt es so viel besser erzählen."

Cathalin seufzte. „Was gibt es da zu erzählen? Wir haben die Welpen im Teich gesehen und sind hineingesprungen, um sie herauszuziehen."

Ysenda schaute enttäuscht. „Aye." Sie wandte sich zu Noël, um es ihm zu erklären. „Aber es war albern, weil die Mutter der Welpen nur versuchte, ihnen das Schwimmen beizubringen." Sie grinste. „Wir wussten ja nicht, dass sie schon schwimmen konnten und daher sind wir hineingesprungen, um sie zu retten. Und als Ca-, meine Schwester dies herausfand, war sie wütend, weil ihr neues Kleid nass geworden war."

Bei diesen Worten schaffte es Cathalin, ein wenig zu lächeln. „Da es dann zerstört war, habe ich Euch das Kleid geschenkt."

„Stimmt", sagte Ysenda schmunzelnd.

Sie blickte zu Noël. Er zeigte nicht mehr als höfliches Interesse.

Ysenda versuchte es erneut. „Euer Haar sieht sehr schön aus heute Abend, liebe Schwester."

Das funktionierte. Cathalin berührte ihre Locken. „Gefällt es Euch? Tilda hat den ganzen Morgen gebraucht, um es zu flechten."

„Es ist sehr schön. Findet Ihr nicht auch, Sir Noël?"

Er nickte.

Cathalin war offensichtlich verärgert, weil er sie nicht lobte und schmollte daher.

Ysenda rang die Hände. Was könnte sie noch tun? Was würde Noël beeindrucken?

„Sir Noël, meine Schwester ist recht gewandt mit der Nadel."

Noël hob eine Augenbraue. „Beim Nähen von Stoff oder beim Pieken von Leuten?"

Irritiert raffte Cathalin ihre Röcke und eilte davon, um sich zu jemand anderem zu gesellen.

Ysenda wandte sich vorwurfsvoll zu Noël. „Warum habt Ihr das gemacht?"

„Sie ist wie ein verwöhnter Hund. Jemand muss sie gefügig machen."

Ysenda dachte über seine Worte nach, während die Flammen hoch in den Nachthimmel flackerten.

„Jemand wie Ihr", beschloss sie. „Jemand, der sie an die Hand nimmt, sie geduldig lehrt und das Beste an ihr zum Vorschein bringt." Sie schluckte. „Glaubt Ihr, dass Ihr mit ... jemandem wie meiner Schwester glücklich sein könntet?"

Er presste die Lippen zusammen, während er in das Feuer starrte. „Bei weitem nicht so glücklich wie ich es mit Euch bin."

Tränen stiegen Ysenda in die Augen. Sie versuchte, es auf den Rauch zu schieben, aber ihr brach das Herz.

„Ich ... ich bin müde. Ich gehe schon mal hoch ins Bett."

Sie wartete nicht auf seine Antwort. Sie musste weg, bevor sie in Tränen ausbrach. Vielleicht würde Noël noch einmal mit Cathalin sprechen, wenn sie weg war, aber vielleicht auch nicht. Zumindest würde sie ihnen die Gelegenheit dazu geben.

Nachdem sie weg war, versuchte Noël heldenhaft, sich in Cathalin zu verlieben. Er starrte sie aus der Ferne im Glühen des Feuers an, bewunderte ihr perfektes Profil, ihre weiche Haut und ihre schmollenden Lippen. Er beobachtete, wie sie lachte, als ihr jemand etwas ins Ohr flüsterte. Er sah, wie sie elegant Tannenzapfen ins Feuer warf.

Aber sie war nicht ihre Schwester. Sie hatte nicht Ysendas ehrliches Gesicht, ihre Lieblichkeit, ihre liebenswerte Unbeholfenheit und unschuldigen Charme. Cathalin war hochnäsig, verwöhnt und hoffnungslos eingebildet. Das Leben mit ihr wäre unangenehm.

Noël beobachtete, wie seine Chance auf Glück davontrieb wie die hellen Funken, die aus dem Feuer nach oben stiegen und vom schwarzen Himmel verschluckt wurden. Er konnte nur an das unwiderstehliche Mädchen denken, das selbst jetzt in ihrem Schlafzimmer weniger als hundert Schritte entfernt wartete.

Sie hatte ihm die Treue geschworen. Sie hatte die Worte gesagt, die sie als Mann und Frau verbanden. Zumindest wollte sie, dass die Welt das glaubte und wenn sie den Schein wahren wollte, warum sollte er es leugnen?

Wenn heute Nacht ihre letzte Nacht zusammen sein sollte, wenn er morgen den *Laird* konfrontieren und seine wahre Braut fordern sollte, dann sollte er vielleicht das Beste daraus machen, bevor er sich mit einem Leben voller Jammer abfand.

Er warf einen letzten Blick auf die Frau, die er heiraten sollte. Sie war schön, daran bestand kein Zweifel, aber sie war keine Konkurrenz für das Mädchen, das er bereits geheiratet hatte.

Entgegen besseren Wissens machte er sich auf den Weg die hundert Schritte zum Schlafzimmer zurückzulegen.

Als er leise den Raum betrat, hockte seine Frau am Feuer und schürte die Kohle. Überrascht schoss sie hoch. Hinter ihr kamen die Flammen zum Leben und beleuchteten ihr Hemd aus reinem Leinen, wobei nichts der Fantasie überlassen blieb.

„Ich dachte, Ihr würdet noch ein wenig unten bleiben." Ihre Stimme war vorsichtig.

Er wandte den Blick nicht von ihr ab, als er die Tür hinter sich schloss. „Und ich dachte, Ihr wolltet ins Bett gehen."

„Wollte ich auch. Werde ich jetzt."

Diese Frau hatte ihn belogen. Sie hatte ihn getäuscht und sein Vertrauen gewonnen, sodass sie es sich später zu Nutze machen konnte und das schlimmste war, dass sie es geschafft hatte, dass er sich in sie verliebt hatte. Bei allem

was recht war, er sollte sich verletzt und verraten fühlen.

Aber als er sie im warmen Licht des Feuers sah mit erleuchtetem Gesicht, glitzernden Augen und verführerischen Lippen, konnte er nur Sehnsucht fühlen.

War ihre Zuneigung für ihn eine List gewesen? Fühlte sie nichts für ihn?

Er musste es herausfinden.

„Dann lasst uns zusammen ins Bett gehen", sagte er.

Sie schluckte. „Wolltet Ihr nicht beim Feuer zuschauen?"

„Nay. Ich habe genug gesehen." Er ging einen Schritt auf sie zu.

Sie nestelte an ihrem Gewand. „Später bilden sie einen Kreis außen herum..."

Er ging einen Schritt weiter.

Sie leckte sich über ihre Lippen. „Und sie gehen ..."

Er ging einen dritten Schritt.

„In Richtung der Sonne ..."

Der vierte Schritt brachte ihn nah genug, dass er das Verlangen in ihren Augen sehen konnte und als er den Blick senkte, sah er die liebliche Kurve zwischen ihren Brüsten, wo das Hemd offenstand.

„Sagt mir eins", flüsterte er und hatte fast schon Angst vor der Antwort.

„Aye?" Ihre Stimme brach.

„Liebt Ihr mich überhaupt?"

Als sie zu ihm hochblickte, füllten sich ihre Augen mit Tränen und ihr Kinn begann zu zittern.

Er spürte, wie ihm das Herz brach. Sie wollte die Worte vielleicht nicht sagen, aber ihr Schweigen war Antwort genug.

Angesichts der bitteren Enttäuschung biss er die Zähne zusammen.

Aber gerade als er sich abwenden und sie alleine lassen und seine Sorgen in einem Fass Bordeaux ertränken wollte, warf sie sich mit einem großen Schluchzen an seine Brust.

„Oh, aye, Gott steh mir bei, aber ich liebe Euch, Noël. Ich liebe Euch so sehr."

Sie bedeckte ihn gleichermaßen mit Küssen und Tränen. Die Aufrichtigkeit ihres Geständnisses war ein Trost für sein Herz. Er hielt sie fest an sich gedrückt und war zu verloren in seiner Erleichterung und Freude, um über diesen Augenblick hinaus zu denken.

Aus Zuneigung wurde schnell Verlangen und dann Verzweiflung. Nur wollte er nicht an Morgen denken. Auch nicht an seinen König oder an seine echte Braut. Er wollte nur noch eine wunderschöne Nacht mit dieser unwiderstehlichen Frau, die ihn liebte.

Ysenda wusste, dass sie ein gefährliches Spiel spielte und doch fuhr sie dreist fort wie die Jungen, die durch das Feuer sprangen. Sie konnte nicht anders.

Die Situation war unmöglich. Sie hatte es ebenso wenig geschafft, dass Cathalin sich in Noël verliebte, wie sie es schaffen konnte, dass sie selbst ihn nicht mehr liebte.

Und nun, da sie zugegeben hatte, dass sie etwas für ihn empfand, konnte sie ihm nicht beichten, dass sie ihn getäuscht hatte. Es würde ihm das Herz brechen.

Aber selbst jetzt, wo sich der tödliche Knoten aus Lügen und Täuschung um sie zusammenzog, konnte sie nur daran

denken, bei ihm zu liegen. Sie wollte nicht über ihre Schwester nachdenken oder Noëls Rückkehr nach Frankreich oder was aus Caimbeul werden würde. Sie wollte nur für diesen einen Augenblick leben.

Irgendwie entledigten sie sich ihrer Kleider. Irgendwie lagen sie plötzlich auf dem Bett und in einem Durcheinander von Gliedmaßen ließen sie den Rest der Welt um sich herum verschwinden.

Er küsste ihre Schuld weg, seine Finger streichelten ihre Sorgen weg und als sein nacktes Fleisch auf ihrem lag, gab es keinen Platz mehr für Reue.

Sie trieben in himmlischer Besinnungslosigkeit dahin. In diesem Augenblick gab es nur sie beide und ihre zwanghafte Suche nach Vergnügen.

Dieses Mal war es mehr als nur einfaches Beiliegen. Sie wollte ihm zeigen, wie viel er ihr bedeutete. Sie wollte, dass er ihre Liebe in den tiefsten Ecken seiner Seele spürte und im Gegenzug wollte sie sich geliebt fühlen.

Als er sich vorsichtig in sie hineindrückte, seufzte sie erleichtert und als sie ihn träge anblickte, sah sie die gleiche Befriedigung in seinen dunklen Augen.

Als er anfing, sich in ihr zu bewegen, begegnete sie ihm bei jedem Stoß. Gerade als sie Hand in Hand über die schneebedeckten Felder rannten, durchquerten sie die Landschaft des Verlangens zusammen.

Sein Blick brannte sich in ihren, sein Atem ließ sie erschaudern, seine Zunge badete sie in berauschendem Nektar und seine Fingerspitzen neckten und lockten sie zu noch größeren Höhen.

Sie wollte ihn für immer bei sich behalten und wickelte

ihre Beine um ihn. Sie vergrub ihre Fersen in seinem Po, wobei er vor Glück stöhnte.

Er verschränkte seine Finger mit ihren und verankerte sie an der Matratze. Ihr stockte der Atem, als ihre Lust auf einen feinen Punkt geschärft wurde. Dann explodierte sie in Hunderte wunderschöner Fragmente. Sie wölbte sich hoch und ballte ihre Hände in seinen zu Fäusten.

Er antwortete ihr und stieß mit einem rauen Schrei des Höhepunkts in sie hinein.

Dann erstarrte sie.

Er hatte ihren Namen gerufen.

Ihren richtigen Namen.

Vor Panik atmete sie tief durch, aber er ließ sie nicht los. Seine Finger waren immer noch mit ihren verschränkt. Dann öffnete er seine vor Lüsternheit glänzenden Augen und sie erkannte die Wahrheit.

Er wusste, wer sie war.

Er wusste alles.

Einen langen Augenblick starrten sie einander nur an.

„Wie habt Ihr es herausgefunden?", flüsterte sie.

Er antwortete ihr nicht. Stattdessen wurde sein Blick hart. „Wie konntet Ihr mich anlügen?"

„Ich musste es tun", beichtete sie. „Ich hatte keine andere Wahl."

Er hielt sie immer noch fest. Sie hatte auch nicht wirklich Angst vor ihm. Er war ein Ehrenmann, ein Ritter, der niemals einer Dame etwas zuleide tun würde, aber an seinem finsteren Blick und der Stärke seiner Arme erkannte sie, dass er ein furchteinflößender Feind sein könnte.

„Wann wolltet Ihr es mir sagen?", fragte er.

„Ich wollte es Euch schon die ganze Zeit sagen. Ich habe versucht, die Hochzeit aufzuhalten. Ich wollte die Ehe niemals vollziehen. Ich hatte gehofft, dass ich meine Schwester davon überzeugen könnte, Euch zu heiraten." Dann fügte sie leise hinzu: „Darauf hoffe ich immer noch."

„Warum habt Ihr es mir nicht in der ersten Nacht gesagt?"

Sie schluckte schwer und senkte den Blick. Die Wahrheit war beschämend, aber sie war sie ihm schuldig. „Der *Laird* hat gesagt, wenn ich es Euch sage, würde er Caimbeul etwas zuleide tun. Er will meinen Bruder töten, seit dieser geboren wurde. Er kann es nicht ertragen, dass er einen Sohn hat, der ... der nicht perfekt ist. Als meine Mutter starb, musste ich ihr versprechen, dass ich mich um Caimbeul kümmere. Ich habe mich schon immer um ihn gekümmert."

Seine Finger lösten sich von ihren und sein grimmiger Blick entspannte sich. „Ihr hättet es mir sagen können. Euer Vater hätte nichts davon erfahren."

Reumütig lächelte sie ihn an. „Und was hättet Ihr dann getan? Darauf bestanden, meine Schwester zu heiraten? Und wenn mein Vater sich geweigert hätte, hättet Ihr gegen den ganzen Clan mit Euren sechs Rittern gekämpft?"

Er drückte seine Lippen zusammen.

„Ich wollte Euch niemals täuschen", sagte sie zu ihm. „Es ist Wahnsinn, sich gegen den König zu stellen. Ich habe versucht, meinem Vater das zu erklären, aber er will nicht auf mich hören. Er will, dass ein Highlander sein Land bekommt."

„Wenn die Könige es herausfinden ..."

„Dann schicken sie eine ganze Armee, um den Clan zu unterwerfen, ich weiß. Mein Vater weigert sich, das zu glauben und meine Schwester glaubt, dass ihr zukünftiger Ehemann Männer mitbringt, um die Burg zu verteidigen."

„Also würde er lieber einen Krieg anfangen, als dass ein Normanne sein Land erbt."

Sie nickte.

Er ließ ihre Finger los und rollte sich von ihr herunter wobei er sich auf den Rücken legte, um an die Decke zu starren. Sie zog das Laken hoch über ihre Brüste.

Es schmerzte sie, die Worte zu sagen, aber sie tat es trotzdem. „Ich wünschte, meine Schwester würde Euch lieben."

Er zögerte nicht. „Ich könnte sie niemals lieben. Nicht so, wie ich Euch liebe."

Ihr Herz machte einen Satz und dann sank es wieder. „Was sollen wir nur machen?"

„*Mon Dieu*, ich weiß es nicht."

Darüber zu schlafen brachte keine Lösung.

Noël wünschte sich, dass er nie die Wahrheit erfahren hätte. Er hätte glücklich viele Jahre in Frankreich mit seiner falschen Braut leben können, bis ihr Vater starb und dann wäre es zu spät, die Sache rückgängig zu machen. Nicht, dass er das tun wollte. Er hatte angefangen, weniger davon zu träumen, das Land des Highlander *Lairds* zu erben und eher davon, mit der Tochter des Mannes zu fliehen.

Aber außer sie zu entführen, wusste er immer noch nicht, wie er das Problem seiner Ehe lösen sollte.

Ein Problem konnte er lösen. Ein junges Mädchen wie Ysenda sollte nicht damit belastet sein, den Rest ihres Lebens auf ihren Bruder aufzupassen. An diesem Morgen beabsichtigte Noël ihr zu beweisen, dass Caimbeul keine hilflose Kreatur war, die von Hand gefüttert und verhätschelt werden musste. Wenigstens konnte er Ysenda ihre Freiheit schenken.

Er schlich sich aus dem Schlafzimmer ohne sie zu wecken. Der größte Teil des Clans war in der großen Halle und frühstückte Haferkekse mit Butter. Er näherte sich *Laird* Gille.

„My *Laird*, ich habe Euren Mann Caimbeul in letzter Zeit nicht gesehen."

Der *Laird* knurrte. „Warum solltet Ihr Euch für ihn interessieren?"

Noël zuckte mit den Schultern. „Ich habe überlegt, ob er Lust auf ein bisschen Spaß heute Morgen hätte. Was glaubt Ihr?"

Die Augen des *Lairds* leuchteten auf. „Spaß?"

„Aye. Meine Männer haben mit mir gewettet. Sie sagen, dass ich aus einem Krüppel keinen Kämpfer machen kann. Ich sage, dass ich es wohl kann."

„Wirklich?" Der *Laird* strich sich fragend über seinen Bart. „Und habt Ihr Geld darauf gesetzt?"

Er verwarf die Idee. „Nay, es geht nur um die Ehre."

Die Augen des *Lairds* glitzerten jetzt. „Ehre? Ach! Bei einer solchen Wette kann man Geld verdienen."

„Vielleicht."

Laird Gille gluckste. „Ganz zu schweigen davon, dass es ein heiterer Anblick wäre – Caimbeul mit einem Schwert."

Noël unterdrückte seinen Widerwillen. „Glaubt Ihr also, dass er zustimmen wird?"

„Oh aye, ich kann ihn zwingen zuzustimmen."

„Nach dem Frühstück dann? Im Burghof?"

„Aye." Voller Schadenfreude rieb der *Laird* sich die Hände und ging los, um Caimbeul zu holen.

Noël erzählte Ysenda nichts von seinem Vorhaben. Sie würde nur versuchen, sich einzumischen und ihren Bruder zu beschützen. Sie würde es schon schnell genug herausfinden.

Die Ritter übten im Burghof und die Sonne stand bereits recht hoch, als Caimbeul ohne Ketten recht flott über den Hof humpelte und torkelte, wobei er sich auf einen Stab stützte.

Noël musterte ihn, aber anstatt die Fehler in seinem Gang zu bemerken, suchte er nach den Stärken des Mannes.

Natürlich hatten Noëls Männer diese Wette nicht wirklich ausgegeben. Sie kannten Noël gut genug, dass sie wussten, dass er jeden Mann zu einem Kämpfer machen konnte. Stattdessen hießen sie Caimbeul auf dem Feld mit offenen Armen und ihren Klingen willkommen.

Laird Gille ließ sich von seinen Dienern einen Stuhl bringen, sodass er an der Seite sitzen konnte. Wahrscheinlich stellte er sich vor, dass er ein furchtbares und unterhaltsames Spektakel zu sehen bekommen würde. Ein paar Männer versammelten sich auf dem Burghof. Noël sah, wie Münzen den Besitzer wechselten und auf das Ergebnis gewettet wurde.

Als Caimbeul Noël erreichte, war sein Gesicht rot vor Zorn.

„Bezahlt Ihr mich so, dass ich Euch die Wahrheit gesagt habe?", bellte er. „Indem Ihr Euch über mich lustig macht?"

„In keinster Weise, Bruder", sagte Noël beruhigend. „Ich werde Euch lehren, richtig zu kämpfen, damit Ihr keine Angst mehr vor Eurem Vater haben müsst."

Caimbeul blinzelte überrascht. Einen kurzen Augenblick war Hoffnung in seinen Augen zu sehen. Dann wurde der Blick wieder zynisch. „Ich bin ein Krüppel, ich kann nicht kämpfen."

„Ihr habt mir einen ordentlichen Schlag gestern Abend verpasst. Wenn die Kette nicht gewesen wäre, hättet Ihr mich zu Boden geschlagen."

Caimbeul sah schon fast erfreut darüber aus.

„Nun kommt schon", drängte Noël und schlug ihm vorsichtig auf die Schulter. „Wir wollen Eurem Vater zeigen, was Ihr könnt."

Der Junge fiel ein paarmal hin. Sein Vater lachte. Aber jedes Mal munterten Noël und seine Ritter den jungen Mann wieder auf und stärkten seinen Mut und sein Herz, wobei sie ihm versicherten, dass er sehr gute Fortschritte machen würde.

Und das tat er wirklich. Er hatte vielleicht nicht die Statur, ein Breitschwert mit großer Genauigkeit, Kraft oder Geschwindigkeit zu schwingen, aber er hatte den Überraschungseffekt auf seiner Seite.

Jeder, der Caimbeul sah, würde nicht glauben, dass er sich selbst verteidigen könnte. Aber selbst mit seinem verdrehten Körper könnte er einen Dolch stoßen, einen Mann auf die Nase schlagen und einen Angreifer von seinen Beinen holen.

Tatsächlich fing *Laird* Gille an, finster zu schauen, als er sah, dass Caimbeul nicht nur auf den Beinen blieb, sondern sogar ein paar Ritter von ihren holte.

In dem Augenblick kam Ysenda.

Zu Noëls Leidwesen schwanden sein triumphierendes, stolzes Grinsen und die fröhliche Begrüßung angesichts ihres zornigen Blicks.

KAPITEL 8

Ysendas Herz fing an in Panik zu flattern, als sie aufwachte und sah, dass Noël weg war. Hatte er beschlossen, dass es zu schmerzhaft wäre, sich zu verabschieden? War er einfach ohne ein Wort gegangen?

Obwohl sie glaubte, dass es das Beste wäre – sogar besser, als wenn er mit Cathalin weggegangen wäre – hoffte sie von ganzem Herzen, dass dem nicht so war.

Sie ging zum Fenster und öffnete die Läden. Noëls Männer waren noch da und übten unten im Burghof.

Erleichtert ging sie zurück zum Bett. Ihr Blick fiel auf einen albernen Preis, den sie sich letzte Nacht genommen hatte, während Noël schlief – eine schwarze Locke, die sie ihm abgeschnitten und in das rote Band gebunden hatte.

Sie biss sich auf die Lippe. Sie hatte es ganz vergessen. Es war eine kindische Geste gewesen, aber sie hatte eine Erinnerung an ihn gewollt.

Jemand klopfte an die Tür. Schnell ergriff Ysenda die verräterische Locke und stopfte sie in das Oberteil ihres Hemds. Dann öffnete sie Cathalin und ihrer Dienerin die

Tür, da diese Cathalins Gewänder für den Tag heraussuchen wollten.

Als sie weg waren, zog Ysenda sich schnell an und ging
nach unten. Sie wollte noch einen Versuch unternehmen,
ihren Vater davon zu überzeugen, die Dinge wieder in
Ordnung zu bringen. Sie nahm sich einen Haferkuchen mit
Butter in der großen Halle und ging nach draußen, um mit
dem *Laird* zu sprechen, der den normannischen Rittern
beim Üben zuschaute.

Schnell hatte sie die Seite des Feldes erreicht, wo ihr
Vater saß. Sie blieb stehen.

Bei dem, was sie sah, blieb ihr der Mund offenstehen.
Vor Schreck ließ sie den Haferkuchen auf den Boden fallen.

Mitten im Kampfgeschehen stand Caimbeul. Er zog ein
Schwert hinter sich her, während er auf zwei von Noëls
Männern zu humpelte.

Plötzlich schwang er die Waffe. Der erste Ritter wich ihr
aus, der zweite schob Caimbeul mit seinem Schild beiseite
und brachte ihn aus dem Gleichgewicht.

Caimbeul fiel nach hinten auf seinen Hintern. Neben ihr
gluckste ihr Vater vor Lachen.

Sie kochte vor Zorn.

Mit zusammen gebissenen Zähnen marschierte sie vor.
Sie schob ihre Clansmänner aus dem Weg und stahl einem
von ihnen sein Schwert, bevor dieser es überhaupt merkte
und griff dann weiter an.

Caimbeul hatte sich jetzt erholt und war wieder auf
seinen Füßen, wobei er auf seine Angreifer einschlug, aber
es wäre nur eine Frage der Zeit, bevor er wieder hinfiel.

Mit dem Ellbogen schob sie einen von Noëls Rittern

beiseite. Instinktiv zog er seine Waffe. Als er sah, dass es eine Frau war, schob er sein Schwert wieder in die Scheide und trat mit erhobenen Handflächen zurück.

„Zu mir!", brüllte sie die Ritter an, die ihren Bruder angriffen.

Wie die meisten Fremden in den Highlands waren die französischen Ritter es nicht gewöhnt, einer Frau mit einer Waffe gegenüber zu stehen. Erschrocken wandten sie sich zu ihr hin. Einer von ihnen senkte seinen Schild, der andere war gezwungen, ihn wieder hoch zu heben, als sie ihn mit einem Schlag angriff, der kräftig genug war, dass er seinen Kopf abgeschnitten hätte, wenn er platziert gewesen wäre.

Aufgrund des Aufpralls ihrer Klinge auf seinem Schild stolperte Ysenda einen Schritt zurück. Aber sie erholte sich schnell genug, dass sie sich in den Kampf zwischen dem Ritter und ihrem Bruder einmischen konnte und so schwang sie ihr Schwert erneut.

Von der anderen Seite des Feldes hörte sie, wie Sir Noël rief: „Nay!"

Zu spät. Sie traf den Mann auf der Schulter. Er stolperte rückwärts und ergriff seinen verletzten Arm, während sein Kamerad schnell seinen Schild holte.

Dann wurde sie von hinten an der Taille erwischt. Bevor sie sich losreißen konnte, wurde ihr das Schwert aus der Hand gerissen. Einen Augenblick später verlor sie den Boden unter ihren Füßen durch einen schnellen Schlag gegen ihre Fersen. Anstatt sie einfach fallen zu lassen, hielt er sie in seinem Arm und ließ sie mit übertriebener Sorge auf das nasse Gras gleiten.

Sofort erhob sie sich auf ihre Ellbogen und schaute

finster vor Zorn, aber ihr Zorn schwand, als sie sah, wer sie entwaffnet hatte.

„Caimbeul?" Sie blinzelte erstaunt.

Er grinste zu ihr herab. „Guten Morgen, Schwester."

„Was habt Ihr ...? Wie habt Ihr ...?"

Es schien unmöglich.

Er zwinkerte ihr zu. „Scheinbar seid Ihr nicht die Einzige, in deren Adern das Blut der Krieger fließt."

Sie war immer noch sprachlos vor Erstaunen, als Noël sich neben sie hockte. Besorgt runzelte er die Stirn.

„Mon ange, seid Ihr verletzt?"

Sie schaute von einem Mann zum anderen. Noëls Augen waren voller Sorge und in Caimbeuls war Stolz zu sehen. „Was zum Teufel ist hier los?", zischte sie.

„Es geht ihr gut", versicherte Caimbeul Noël.

Noël sah zweifelnd aus. „Das war ein ganz ordentlicher Sturz."

Caimbeul zuckte mit den Schultern. „Sie hat schon Schlimmeres eingesteckt."

Noël schüttelte den Kopf. „Wie könnt Ihr es ertragen, Eure eigene Schwester kämpfen zu sehen?"

„Sie ist stärker als sie aussieht."

Noël runzelte die Stirn. „Wirklich?"

„Oh, aye und es ist nicht das erste Mal, dass sie auf ihren Hintern gefallen ist."

Ysenda runzelte die Stirn. „Das reicht jetzt, ihr zwei. Ich bin schließlich hier und ich kann Euch hören."

Sie kämpfte sich auf die Füße und schlug ihre helfenden Hände weg.

Noël murmelte: „Seid Ihr sicher, dass es Euch gut geht?"

„Es geht mir gut", erwiderte sie, obwohl ihr Stolz verletzt war. „Und jetzt erzählt mir einer von Euch mal besser, was hier los ist."

„Sir Noël zeigt mir, wie man kämpft", sagte Caimbeul.

„Tatsächlich?"

Ihre Augen brannten, als sie sich langsam zu Noël umwandte. Dann ergriff sie ihn an der Vorderseite seines Wappenrocks und zog ihn aus der Hörweite von Caimbeul. „Ihr zeigt ihm also, wie man kämpft?", zischte sie. „Gegen kampferprobte Ritter? Ein ... ein Krüppel?" Sie hasste es, das Wort zu benutzen, aber es gab keine andere Bezeichnung dafür. „Warum? Habt Ihr geglaubt, es wäre eine schöne Unterhaltung für meinen Vater?"

Noëls Augen wurden dunkel. Er senkte seinen kühlen Blick auf ihre Fäuste, die immer noch seinen Wappenrock umklammerten. Seine nicht ausgesprochene Botschaft war deutlich. Er würde es ihr nicht erlauben, ihn vor seinen Männern und ihrem Clan herabzusetzen und er würde ihr sicherlich nicht antworten, bis sie ihn nicht losließ.

Und das tat sie.

Aber sie brauchte immer noch eine Antwort.

„Wie konntet Ihr so grausam sein?", flüsterte sie. „Könnt Ihr denn nicht sehen, wie der *Laird* ihn verhöhnt?"

„Jetzt verhöhnt er ihn nicht."

Sie blickte zu ihrem Vater. Noël hatte Recht. Der *Laird* zeigte keine Schadenfreude. Er kochte vor Zorn.

„Euer Bruder ist fähiger, als Ihr glaubt. Er ist sogar fähiger, als er selbst glaubt."

„Ihr versteht nicht. Er ist ... er ist missgestaltet."

„Er ist ein bisschen verdreht", gab Noël zu. „Aber er

kann immer noch kämpfen. Er hat Euch auf den Hintern geworfen." Ihr Mund verzog sich zu einem schiefen Lächeln.

„Er kann seine Schwester vielleicht ins Stolpern bringen, aber er kann nicht gegen erfahrene Krieger kämpfen." Als sie über die Konsequenzen nachdachte, stieg Angst in ihr auf. „Wenn Ihr ihn das glauben lasst, wird er getötet."

„Und wenn Ihr ihn glauben lasst, dass er es nicht kann, haltet Ihr ihn schwach."

Sie ließ die Schultern hängen. „Ich muss dafür sorgen, dass er keinen Schaden erleidet. Ich habe ein Versprechen gegeben."

Sein Blick wurde weicher. „Er war ein Kind, als Ihr das Versprechen gegeben habt. Jetzt ist er ein erwachsener Mann. Er kann sich um sich selbst kümmern."

Ysenda biss sich auf die Lippe. Ein Teil von ihr wollte das glauben, aber Noël kannte Caimbeul nicht so wie sie. Er hatte nicht gesehen, wie Caimbeul sein ganzes Leben lang verhöhnt und herabgesetzt worden war und wie sehr er sich danach sehnte, normal zu sein. Er konnte den Schmerz ihres Bruders nicht verstehen.

„Beobachtet ihn ein wenig", schlug Noël vor. „Und wenn Ihr nicht zustimmt, dass er für sich selbst sorgen kann, könnt Ihr ihm wieder den Hintern abputzen."

Für diese Bemerkung knuffte sie ihn, aber das brachte ihn nur zum Grinsen. Dann blickte sie an seiner Schulter vorbei zu Caimbeul, der schon wieder eifrig mit einem von Noëls Rittern übte. Sie konnte sich nicht erinnern, dass sie ihren Bruder jemals mit so leuchtenden Augen, so eifrig und so lebendig gesehen hatte.

Es war eine schwierige Entscheidung. Aber schließlich nickte sie zustimmend. Noël ging zurück auf das Übungsfeld.

Die Knöchel an ihrer Hand waren weiß, während sie die Hände in ihren Röcken zu Fäusten ballte und dem Drang widerstand, Caimbeul zu Hilfe zu eilen, während er den Schlägen von Männern auswich, deren Arme so dick wie Eichenstämme waren. Sie keuchte einige Male, als eine Klinge seinen Kopf knapp verfehlte und das Herz rutschte ihr in die Hose, als einer der Ritter ihn zu Boden stieß, sodass er im Gras liegen blieb.

Aber während des Kampfes rief Noël seine Anweisungen. Caimbeul drehte sich plötzlich unerwartet, sodass er sich rückwärts unter den Schwertarm eines Mannes duckte und ihn damit nach vorne zu dem zweiten Angreifer schob.

Während die beiden Ritter sich mit ihren Kettenhemden verhedderten, krähte Caimbeul vor Freude über seinen Sieg. Noël eilte nach vorn, um ihm anerkennend auf den Rücken zu klopfen.

„Gut gemacht. Seht Ihr? Eure beste Waffe ist das Überraschungselement."

Fasziniert beobachtete Ysenda, wie Noël ihren Bruder in einem einzigartigen Stil und einer einzigartigen Technik schulte. Als Caimbeul immer besser wurde und seine Bewegungen nicht mehr so amüsant waren, verlor der *Laird* das Interesse und ging zurück in die Burg. Ysenda schaute weiter fasziniert zu und erhaschte einen Blick auf eine Seite ihres Bruders, die sie noch gar nicht kannte.

Im Verlauf von einer Stunde verwandelte Noël

Caimbeul nach und nach in einen beeindruckenden und tödlichen Kämpfer. Noch bedeutsamer war allerdings, dass die Ritter von de Ware zu Caimbeuls Kameraden wurden. Sie forderten ihn heraus, scherzten mit ihm und prahlten und fluchten zusammen. Endlich hatte ihr Bruder Freunde, die ihn als einen der ihren behandelten.

Aber wofür?

Ihr Herz sank. Die Ritter waren jetzt vielleicht seine Brüder, aber schon bald würden sie Caimbeul verlassen, um nach Frankreich zurückzukehren. Dann würden wieder nur die Clans Männer bleiben, die in verhöhnten.

Es war nicht gerecht. Es war schon schlimm genug, dass sie ihren perfekten Ehemann an ihre verwöhnte Schwester abgeben musste. Es war mehr als grausam, dass Caimbeul sein Glück auch opfern sollte.

Sie hatte sich noch nie so sehr wie der Feind Fortunas gefühlt wie jetzt.

In der Dunkelheit der Waffenkammer öffnete Noël seinen Schwertgurt und warf ihn beiseite. Er war voller Reue. Es war schon schwer genug, dass er zwischen der Pflicht seinem König gegenüber und den Zwängen seines Herzens wählen musste, jetzt musste er auch noch über den Verlust eines jungen Bruders trauern, den er schon jetzt sehr bewunderte.

Noël hatte noch nie einen enthusiastischeren und aufmerksameren Schüler als Caimbeul erlebt. Der junge Mann lernte nicht nur schnell, er war auch klug und erfinderisch. Wenn Noël nur mehr Zeit mit ihm hätte,

glaubte er, dass er aus ihm einen ehrwürdigen Krieger machen könnte.

Noël zog seinen Wappenrock über den Kopf und beugte sich dann nach vorn, um sein Kettenhemd auszuziehen und es auf dem Boden gleiten zu lassen.

Hinter ihm hörte er, wie jemand die Waffenkammer betrat. Der ungleichmäßige Gang, das Auftippen des Stabs und das Geräusch eines Fußes, der über den Boden gezogen wurde waren sofort und leicht zu identifizieren.

„Ich bin gekommen, um Euch zu danken, Sir Noël", sagte Caimbeul leise, „dafür, dass Ihr mir etwas gegeben habt, was mir noch kein Mann zuvor je gegeben hat." Er blieb mitten in der Kammer stehen. „Hoffnung."

Noël ließ die Schultern hängen. Hoffnung? Er fürchtete, dass er Caimbeul vielleicht nur *falsche* Hoffnungen gemacht hatte. Was würde aus dem Jungen werden, wenn die Ritter weg waren? Würde er sich dann wieder vor seinem Vater ducken?

„Ihr habt mir gezeigt, dass ich mehr als nur ein Krüppel bin", fuhr er fort. Seine Stimme war voller Gefühl. „Das werde ich niemals vergessen und ich werde Euch niemals vergessen."

Noël nickte und wandte sich zu Caimbeul, aber er konnte ihm nicht in die Augen schauen. „Ich werde Euch auch niemals vergessen."

Dann kam ihm jedoch ein weiteres Paar Augen in den Sinn, Augen, die wie grauer Nebel leuchteten, Augen, die wie das silbrige Meer schimmerten. Es waren Augen, die er niemals aus seinem Kopf verbannen könnte. Seufzend ließ er sich auf der Holzbank nieder und ließ den Kopf hängen.

Caimbeul humpelte zu ihm und setzte sich neben ihn.

„Ihr liebt sie, nicht wahr?", erriet er. „Ysenda?"

Da er es leid war zu lügen, nickte Noël.

„Und Ihr wollt sie nicht verlassen."

Noël schluckte die Verzweiflung hinunter und antwortete mit rauer Stimme. „Es liegt nicht in meiner Hand. Ich bin mit meiner Ehre gebunden, den Willen des Königs zu befolgen."

Caimbeul schüttelte den Kopf. „Es ist meine verdammte Schuld. Wenn ich Euch nicht gesagt hätte, dass Ihr die falsche Schwester geheiratet habt ..."

Noël lächelte reumütig. „Das ist nicht wie ein Übungskampf, Caimbeul. Man kann sich nicht durch sein Leben täuschen und betrügen."

„Nicht?", knurrte er.

Noël schüttelte den Kopf.

„Aber wenn Ihr meine Schwester wirklich liebt, ist das doch alles, worauf es ankommt."

Noël klackte mit der Zunge „Ihr habt jetzt ein paar Fähigkeiten mit der Klinge gelernt, aber Ihr müsst immer noch viel über Pflicht und Ehre lernen."

Caimbeul seufzte. Dann zog er seinen Dolch und begann an der Spitze seines Holzstabs zu schnitzen.

„Außerdem", sagte Noël, „würdet Ihr es nicht lieber sehen, dass ich die echte Cathalin mitnehme und Ysenda hierlasse? Ich weiß, dass Ihr Eurer Schwester sehr nahe steht und sie liebt Euch sehr."

Schweigend schnitzte Caimbeul weiter und Noël sah, dass er die Lippen wegen einer ungestellten Frage zusammengepresst hatte.

„Ihr hattet gehofft, mit uns zu kommen", erriet Noël, „nicht wahr?"

Caimbeul zuckte mit den Schultern. „Vielleicht." Er blies die Holzspäne von seinem Stab. „Ich könnte mich jetzt nützlich machen."

Die Worte brachen Noël das Herz. Es gab nichts Schlimmeres für einen Mann, als sich nicht nützlich zu fühlen. Er wünschte, er könnte Caimbeul mitnehmen.

Aber wenn er das Richtige tat und die echte Cathalin heiratete, musste er Caimbeul zurücklassen. Er könnte nicht so herzlos sein und Ysenda ihren Bruder stehlen.

Frustriert stand er auf und fuhr sich mit den Händen durch die Haare.

Die plötzliche Bewegung erschreckte Caimbeul, der auch überrascht aufsprang und fast hinfiel. Als er sich an Noël festhielt, um sein Gleichgewicht wiederzuerlangen, kratzte er Noël mit seinem Dolch am Hals.

„Ach!", rief Caimbeul. „Verzeiht mir, Ihr habt mich erschreckt. Ist alles in Ordnung?"

„Aye", sagte er und drückte seine Hand an seinen blutigen Hals, um sicherzustellen, dass sein Kopf noch dran war. Dann zwinkerte er dem Jungen beruhigend zu. „Es ist nur ein Kratzer, aber Ihr steckt besser Euren Dolch weg, bevor Euer Kriegerblut die Überhand gewinnt."

„Es tut mir leid." Caimbeul steckte den Dolch in die Scheide und bückte sich, um seinen Stab aufzuheben. „Seid Ihr sicher, dass es Euch gut geht?"

Noël seufzte. Nay, es ging ihm nicht gut. Sein Herz war gebrochen, er war entmutigt und er sah keinen Ausweg aus

seiner Zwangslage. Es würde für niemanden ein glückliches Ende nehmen.

Nachdem Caimbeul weggehumpelt war und Noël wieder allein in der Waffenkammer war, ließ er seinen Gedanken freien Lauf.

Plötzlich kam ihm der Wikinger Brunnen in den Sinn. Der Grund dafür war ihm unerklärlich. Er glaubte eigentlich nicht an Zauber. Nur ein Narr würde glauben, dass eine alte Ruine irgendwelche Zauberkräfte enthielt.

Und doch verfolgten ihn Ysendas Worte. Was hatte sie gesagt? Der Brunnen könnte zwei Liebende segnen und sie für die Ewigkeit aneinanderbinden.

Das war lächerlich, aber er nahm an, dass jeder Ort seine Legenden hatte und dies in den Highlands wahrscheinlich noch ausgeprägter war. Für die Abergläubischen blieb eine solche Legende am Leben, wenn genug unerklärliche Zufälle passierten.

Noël war jedoch weder abergläubisch noch naiv. Er schüttelte den Kopf über seine absurde Fantasie und verließ die Waffenkammer.

Als er in die große Halle kam, sah er Ysenda auf der anderen Seite stehen. Sie war so schön wie ... wie eine Wikinger Göttin.

Er runzelte die Stirn. Eine Wikinger Göttin? Wie war der Gedanke in seinen Kopf gekommen? Er wusste nichts über Wikinger Göttinnen.

Er richtete sich auf und ging durch die Menge auf Ysenda zu.

Ihr Lächeln war melancholisch. Ihre Augen sahen aus

wie schwere Wolken, aus denen es gleich regnen würde und sie murmelte: „Ich kann Euch nicht genug danken, für das, was Ihr für Caimbeul getan habt."

„Er ist ein guter Kämpfer. Wenn er es sich in den Kopf setzt, wird er eines Tages ein großartiger Krieger der Wikinger."

„Der was?"

Noël runzelte die Stirn. Was hatte ihn dazu gebracht, das zu sagen? „Highlands, ein großartiger Krieger der Highlands.

Ysendas Augen waren feucht. Er konnte sehen, dass sein Lob ihres Bruders ihr viel bedeutete, aber je länger er sie anschaute, desto jämmerlicher fühlte er sich. Neben ihr zu stehen war eine Qual, wo er doch wusste, dass er sie nicht behalten konnte.

Er brauchte eine Entschuldigung, sich kurz von ihr zu entfernen.

Auf der anderen Seite der Halle stand ein Bierfass.

„Ich will mir ein Bier vom Brunnen holen. Soll ich Euch auch eins mitbringen?"

Sie schaute ihn rätselnd an. „Vom Brunnen?"

„Was?"

„Ihr habt gesagt, dass Ihr ein Bier vom Brunnen holen wollt."

„Nay, das habe ich nicht."

„Doch."

Hatte er das gesagt? Was war bloß los mit ihm? „Ich hole ein Bier von dem Fass da hinten. Aye, das habe ich gesagt, von dem Fass da hinten."

Er wusste, dass er das nicht gesagt hatte, aber er konnte

nicht erklären, warum seine Gedanken so sehr auf diesen verfluchten Wikinger Brunnen konzentriert waren und er wollte es auch gar nicht so genau wissen.

Ohne auf ihre Antwort zu warten, ging er los, um zwei Becher zu holen.

Als er mit dem Bier zurückkam, hatte er den Brunnen vergessen. Er nickte ihrem Vater zu. Der *Laird* unterhielt sich mit drei der de Ware Ritter und Caimbeul.

„Es sieht so aus, als hätte Euer Vater neuen Respekt für seinen Sohn."

„Aye", antwortete sie und trank einen Schluck, „zumindest solange er von Euren Männern umgeben ist."

Die Erinnerung an seine bevorstehende Abreise ließ ihn mürrisch blicken.

Gerade in dem Augenblick, schwebte Cathalin die Treppe herunter in die große Halle. Sie war perfekt frisiert. Nicht eine Falte war auf ihrem Gewand zu sehen. Selbst seine eigenen Männer, welche die großartigen Schönheiten Frankreichs gewohnt waren, wandten ihre Köpfe um, als sie den Raum betrat.

Aber Noël sank das Herz in die Hose, wenn er sie nur anschaute. Ein Gewicht legte sich über seine Schultern und er wusste, dass er etwas dagegen unternehmen musste.

„Wir müssen reden", sagte er zu Ysenda.

„Ich weiß."

„Wir müssen reden, damit wir eine Entscheidung treffen können. Ich hatte eigentlich geplant, heute abzureisen und ..."

„Heute?"

„Noch länger zu warten wird es nicht leichter machen."

„Ich weiß."

Sie versuchte tapfer zu sein. Das konnte er sehen, aber ihre Augen waren feucht und das verursachte ihm Herzschmerzen.

Eine Locke ihres Haares fiel an ihre Wange und er strich sie zurück und steckte sie hinter ihr Ohr. Er starrte voller Erwartung darauf.

Eine Locke ihres Haares und eine Locke von seinem, die mit einem Band zusammengebunden waren.

Er runzelte die Stirn. Er würde es *nicht* tun. Es war ein albernes Ritual. Eine Zeitverschwendung.

Und doch dachte er, während sie die Zähne zusammenbiss, damit ihr Kinn nicht zitterte, welchen Schaden würde es anrichten? Er hatte bereits alles andere probiert. Warum sollte er es nicht versuchen? Solange ihn niemand am Brunnen erwischte, würde es keiner herausfinden.

Aber wie würde er eine Locke ihres Haares bekommen?

„Und mit wem werdet Ihr abreisen?", brachte sie heraus. „Mit meiner Schwester? Oder mit mir?"

Sie würde gleich in Tränen ausbrechen. Er wusste, dass sie nicht vor ihrem Clan weinen wollte. Also nahm er sie an die Hand und führte sie die Treppe hinauf.

Als sie im dunklen Treppenhaus waren, zog er sie in seine Arme. Er küsste sie leidenschaftlich. Es war eine bittersüße Umarmung voller Verlust und Sehnsucht, ein zärtlicher Abschied und unglückseliges Verlangen.

Es war auch eine Gelegenheit für Noël, seinen Dolch heimlich hervor zu holen und eine Locke ihres Haares zu stehlen. Er fühlte sich albern, aber er schaffte es trotzdem,

ohne dass sie es merkte. Er nahm die Locke in seine Handfläche, löste die Umarmung und hielt sie auf Armeslänge von sich entfernt.

„Ich muss ein bisschen allein sein, um nachzudenken."

Sie nickte.

Er blickte ihr wieder in die Augen und zeigte ihr mit seinem Blick seine Liebe und dann ging er.

KAPITEL 9

Als er weg war, füllten sich Ysendas Augen mit Tränen und sie liefen ihr über das Gesicht. Schluchzer hingen in ihrem Hals und waren zu schmerzhaft, als dass sie sie hätte hinunterschlucken können.

Sie weinte nie, zumindest nicht dort, wo sie jemand sehen könnte. Weinen war ein Zeichen von Schwäche oder zumindest hatte ihre Mutter das immer geglaubt. Also setzte sie sich auf die Stufe und gab sich heimlich ihrer Traurigkeit hin.

Gab es denn keinen Weg, das, was geschehen war, rückgängig zu machen? Gab es keine Möglichkeit, die alle zufrieden stellen würde? Konnte sie denn nichts tun, um ihr Schicksal zu verändern?

Während sie in ihre Hände hinein schniefte, spürte sie ein Kribbeln zwischen ihren Brüsten. Sie steckte ihre tränennassen Finger in ihr Oberteil.

Die Locke seines Haares. Sie hatte vergessen, dass sie da war.

Sie zog sie an dem roten Band heraus und starrte darauf. Plötzlich verspürte sie ein seltsames Kribbeln in ihrem Nacken. Winzige Hoffnung blies durch ihre Seele wie ein überraschender Windstoß.

Locken von jedem der Liebenden, die mit einem Band zusammengebunden waren.

War es möglich? Könnte sie die Magie des Wikinger Brunnens anrufen?

Sie wusste ja noch nicht einmal, ob sie an Magie glaubte. Einige im Clan schworen darauf, aber sie hatte nicht viel Vertrauen in alte Legenden und uralten Zauber.

Andererseits hatte irgendetwas sie gezwungen, letzte Nacht eine Locke seines Haares abzuschneiden. Warum hätte sie das sonst tun sollen? Sie musste tief in ihrem Herzen gewusst haben, dass sie schließlich doch den Brunnen besuchen würde.

Sie strich mit dem Daumen über die seidige schwarze Haarsträhne. Sie verhielt sich kindisch. Schließlich war es doch nur eine Julfest Geschichte. Niemand wusste, ob sie überhaupt stimmte. Dorthin zu gehen war wahrscheinlich völlige Zeitverschwendung.

Aber trotzdem … was würde es schaden? Sie musste es versuchen.

Sie wischte ihre Tränen weg, ging nach oben und zog ihren Umhang an. Sie wollte nicht, dass Noël sie weggehen sah. Er würde erraten, was sie vorhatte und er würde glauben, dass sie eine Närrin wäre. Also verließ sie die Burg still und nahm einen Umweg zum Brunnen.

Auf halbem Weg machte sie Rast. Sie zog ihren Dolch und schnitt eine Locke ihres eigenen Haares ab und band

sie mit seiner zusammen. Ihr rotbraunes und sein schwarzes Haar bildeten einen interessanten Kontrast. Sie konnte nicht anders als zu überlegen, wie die Haare ihrer Kinder vielleicht aussehen würden.

Sie schluckte. Was, wenn in ihrem Bauch bereits ein Kind heranwuchs? Der Gedanke war sowohl aufregend wie er auch entsetzlich war.

Mit den wertvollen Strähnen in der Hand machte sie sich wieder auf den Weg und hoffte, dass niemand sie sehen würde.

Tatsächlich war sie so damit beschäftigt, sicherzustellen, dass niemand ihr folgte, dass sie zuerst gar nicht bemerkte, dass sie bei ihrer Ankunft nicht die einzige Besucherin an dem Brunnen war. Nur zehn Schritte vom Bach entfernt sah sie schließlich, dass sie nicht allein war.

Sie keuchte überrascht.

Noël blickte stirnrunzelnd hoch. „Ysenda?"

„Was macht Ihr hier?"

Er versteckte etwas hinter seinem Rücken und räusperte sich. „Das könnte ich Euch auch fragen."

Sie merkte, dass sie die zusammengebundenen Haarlocken so hielt, dass er sie leicht sehen konnte. Aber sie konnte sie ja nicht wieder in ihr Oberteil zurückstecken. „Ich brauchte... frische Luft."

Er ließ sich nicht einen Augenblick lang täuschen und sofort fiel sein Blick auf das, was sie in der Hand hielt. „Was habt Ihr denn da?"

Dutzende von Lügen kamen ihr in den Sinn. Sie öffnete den Mund, um eine von ihnen auszusprechen, aber keine war glaubhaft. Also schloss sie ihren Mund wieder. Sie

konnte es auch genauso gut beichten. Sie schüttelte den Kopf. „Haarlocken."

„Wessen Haar?"

Herausfordernd hob sie ihr Kinn. „Eure und meine."

Sie erwartete, dass er sich über sie lustig machen würde. Zweifellos würde er auf ihre Kosten lachen und genau, wie sie es erwartet hatte, fing er an zu lachen.

Und dann hielt er hoch, was er hinter seinem Rücken versteckt hatte. „So wie diese?"

Sie runzelte die Stirn. Er hielt eine schwarze und rotbraune Haarsträhne hoch, die mit einem grünen Band zusammengebunden waren. Instinktiv hob sie die Hand an ihren Kopf und überlegte, wann er ihr die Locke gestohlen hatte. „Wie habt ihr ...?"

„Während wir uns geküsst haben." Sein Mund verzog sich zu einem schiefen Grinsen. „Und Ihr?"

Sie lächelte ihn verlegen an. „Während Ihr geschlafen habt."

Er schüttelte den Kopf. „Nun kommt schon." Seine Augen funkelten, als er sie mit seiner freien Hand zu sich heranwinkte. „Dann wollen wir es hinter uns bringen."

Sie ging zu ihm an den Brunnen. „Glaubt Ihr, dass es funktionieren wird?"

„Ich habe keine Ahnung, aber einen Versuch ist es wert ..."

Plötzlich war zwischen den Bäumen eine Bewegung zu sehen. Sie erstarrten beide. Jemand war auf dem Weg zu Ihnen. Verflucht! Ysenda wollte mit Sicherheit kein Publikum bei ihrer Albernheit.

Aber einen Augenblick später blinzelte sie überrascht.

Sie erkannte die schlurfende Bewegung des Eindringlings.

Noël erkannte sie auch. „Was zum Teufel? Caimbeul?"

Caimbeul kämpfte sich durch den Schnee. Sein Stab rutschte auf dem glatten Untergrund. Er war außer Atem, aber er hatte ein breites Grinsen auf dem Gesicht.

„Caimbeul!", rief sie und reichte Noël die Locken, bevor sie nach vorne ihrem Bruder entgegeneilte. „Geht es Euch gut? Wie seid Ihr so weit gelaufen? Und noch dazu im Schnee?" Soweit sie sich erinnerte, war er erst einmal an dem Brunnen gewesen und er hatte einen Teil des Weges auf einem Karren zurücklegen müssen.

Er zuckte mit den Schultern bei ihren Fragen und stellte seine eigenen. „Was macht Ihr beiden hier? Wollt Ihr etwas am Brunnen wünschen? Ist es das?"

„Nay", antwortete sie.

„Aye", sagte Noël.

Ysenda runzelte die Stirn. Sie war nicht gerade stolz auf das, was sie da taten.

Caimbeul lachte nur, humpelte nach vorn und suchte dann etwas in seiner Tasche. Einen Augenblick lang konnte Ysenda nicht sprechen.

„Ist das, was ich glaube, dass es ist?", fragte Noël.

Caimbeul grinste. „Locken Eures Haares? Aye."

Ysenda blinzelte auf das Bündel mit dem weißen Band. „Ich glaube langsam, dass ich Glück habe, noch nicht kahlgeschoren worden zu sein. Wie habt Ihr ... ?"

„Erinnert Ihr Euch, wie ich Euch im Burghof zu Fall gebracht habe und Ihr auf dem Hintern gelandet seid?", fragte Caimbeul prahlerisch. „Ich habe vielleicht ein paar Strähnen gestohlen, während Ihr da hilflos lagt."

Noël kniff die Augen zusammen und nickte. „Von meinem Haar habt Ihr eine Strähne abgeschnitten, als Ihr den ‚Unfall' in der Waffenkammer hattet, nicht wahr?"

„Ihr sagtet, dass die List meine Stärke sei." Caimbeul strahlte vor Stolz. „Was machen wir jetzt also?"

Es hatte schon albern genug erschienen, als Ysenda darüber nachdachte, den Wunsch alleine aufzusagen. Wenn sie jetzt den Wunsch zu dritt aufsagten, erschien dies völlig lächerlich.

Andererseits, was hatten sie denn zu verlieren? Die Tatsache, dass sie alle das gleiche wollten, berührte sie und sie war mehr als willig, den beiden wichtigsten Männern in ihrem Leben nachzugeben.

„Ich nehme an, dass wir sie mit Steinen beschweren und zusammen in den Brunnen werfen", sagte sie.

Noël nickte. „Das sollte unserem Wunsch die dreifache Kraft geben."

Als sie an jedem Bündel kleine Steine befestigt hatten, standen sie zusammen am Brunnen.

„Was sollen wir sagen?", fragte Noël.

„Ich bin mir nicht sicher", gab Ysenda zu. „Ich nehme an, dass wir uns wünschen, dass unsere Seelen irgendwie für die Ewigkeit verbunden werden."

„Ich mache es", bot Caimbeul an, als sie am Brunnen standen. „Ich glaube, Ihr solltet Euch an den Händen halten." Das taten sie. „Im Namen der unglücklichen Liebenden, die einst in diesem Brunnen ertranken, wünsche ich mir zum Julfest, dass die beiden Seelen, denen diese Haarlocken gehören, in ihrer Ehe gesegnet werden und für immer und ewig verbunden bleiben."

Sie nickten alle und Caimbeul war mit seiner Wortwahl sehr zufrieden und dann ließen sie einer nach dem anderen ihre Päckchen ins Wasser fallen, wo sie in der dunklen Tiefe verschwanden.

Der Himmel öffnete sich nicht, um die Engel auf die Erde kommen zu lassen.

Die Luft bewegte sich nicht durch das Flattern der Feen und erfüllte sich nicht mit dem Klang alter Flöten.

Keine Wikinger Geister erschienen.

Tatsächlich war der Augenblick bemerkenswert unscheinbar.

„Was machen wir jetzt?", fragte Caimbeul.

Noël antwortete. „Ich nehme an, dass wir erst mal warten."

Mit jedem Augenblick wurde Ysenda trauriger. Nichts passierte. Der Zauber funktionierte nicht. Sie hätte es besser wissen müssen, als an Magie zu glauben.

Nach einem unangenehm langen Schweigen sprach sie schließlich. „Vielleicht sollten wir zurückgehen."

„Glaubt Ihr, dass es funktioniert?", fragte Caimbeul.

„Nay." Das Wort kratzte in ihrem Hals wie die Klinge eines Schwertes auf dem Schleifstein.

Caimbeul runzelte die Stirn. „Was machen wir jetzt?"

Noëls Brust fühlte sich eng an. Er hatte gehofft, dass er das nicht beantworten müsste.

Er hatte absurderweise gehofft, dass der Brunnen ihm irgendwie die Antwort geben würde, aber da war nichts.

„Was wir tun müssen", beschloss er.

Caimbeul richtete sich auf, soweit seine verdrehte Statur dies erlaubte. „Was auch immer passiert, ich gehe mit Euch nach Frankreich", platzte er heraus. „das heißt", fügte er hinzu, „wenn Ihr mich haben wollt."

Aus dem Augenwinkel sah Noël, dass Ysenda die Zähne zusammenbiss.

Er schüttelte den Kopf. „Ich kann Ysenda Euch nicht wegnehmen, Caimbeul. Ihr seid vielleicht ihr jüngerer Bruder, aber nun, da Ihr erwachsen seid, braucht sie Euren Schutz."

Caimbeul blickte finster und war gleichzeitig enttäuscht und geschmeichelt. Schließlich knurrte er: „Ich bin nicht ihr jüngerer Bruder. Ich bin der älteste."

Danach herrschte eine lange, melancholische Stille.

Schließlich sackten Caimbeuls Worte und Noël blinzelte „Was? Was habt Ihr gesagt?"

„Ich bin älter als Ysenda. Drei Jahre älter."

Er runzelte die Stirn. „Wirklich? Und was ist mit Cathalin?"

„Ich bin zwei Jahre älter als Cathalin."

Ihm schwirrte der Kopf. Sicherlich stimmte das nicht. „Ihr seid der älteste?"

„Aye."

Noël schloss die Augen. Entging ihm hier etwas? „Ihr seid der älteste", wiederholte er.

„Aye", sagten die Geschwister gleichzeitig.

„Der älteste, also der rechtmäßige Erbe des *Lairds*?"

"Oh. Also, nay", erklärte Ysenda. „Der *Laird* hat Caimbeul nie als seinen rechtmäßigen Erben anerkannt."

„Wartet." Noëls Herz raste. Er wollte nicht zu voreilig

sein, aber irgendetwas stimmte hier nicht. „Wollt Ihr damit sagen, dass Ihr als nächstes dran seid?"

„Im Prinzip aye, aber ..."

„Nay, nay, nay, nay", unterbrach Noël. „Nicht im Prinzip. Tatsächlich." Jetzt raste sein Herz wirklich. Dies könnte die Lösung sein. „Warum genau hat er Euch nicht anerkannt? Seid Ihr nicht sein richtiger Sohn?"

„Doch, das bin ich."

„Seid Ihr ein Bastard?"

„Nay."

„Warum dann?"

Caimbeul errötete und senkte den Blick.

Ysenda antwortete für ihn. „Er hat Caimbeul nicht als seinen Sohn anerkannt, weil er ein Krüppel ist und nicht in der Lage ist zu regieren."

„Aber das stimmt nicht", beharrte Noël und fing an aufgeregt auf und ab zu gehen, während er über diese neue Information nachdachte. „Ihr habt ihn auf dem Feld gesehen. Nicht nur ist er schlau und klug, aber er kann auch mit dem Schwert umgehen."

Ysenda und Caimbeul starrten einander an. Offensichtlich hatten sie noch nie daran gedacht, die Erbfolge anzufechten.

Er nahm an, dass er den Grund dafür kannte. Die Highlands waren so abgelegen, dass der *Laird* eines Clans im Wesentlichen die absolute Herrschaft über seine Domäne hatte. Der schottische König konnte zwar das Gesetz festlegen, aber der *Laird* hatte die Macht, das Gesetz nach eigenem Ermessen zu beugen.

Fürwahr, Gesetze waren festgeschrieben. Kein Mann konnte das, was ein König aufgeschrieben hatte, für seine

eigenen Zwecke verändern ... noch nicht einmal ein *Laird*.

„Es ist einerlei, ob der *Laird* ihn anerkennen will oder nicht", erklärte Noël. „Caimbeul ist sein Sohn. Solange er in der Lage ist zu regieren – und jeder kann sehen, dass das so ist – ist Caimbeul gemäß dem Gesetz der wahre Erbe."

„Ihr wollt also damit sagen, dass der Besitz Cathalin nicht rechtmäßig gehören kann", überlegte Caimbeul laut, „unabhängig davon, wen sie heiratet? Er gehört mir?"

„Genau." Voller Zufriedenheit verschränkte Noël die Arme über seiner Brust. „Was bedeutet ..."

„Was bedeutet, dass wir alle haben können, was wir wollen", platzte es aus Ysenda heraus. „Wir können verheiratet bleiben und nach Frankreich gehen. Cathalin kann ihren Highlander heiraten ..."

„Und ich kann mitkommen, um mit Euren Männern zu üben", fügte Caimbeul aus Angst hinzu, dass er ausgelassen würde.

Noël grinste ihn an. „Aye"

Caimbeul rieb sich nachdenklich über das Kinn. Dann runzelte er die Stirn. „Es scheint unmöglich. Glaubt Ihr wirklich, dass es so in Erfüllung geht? Mein Vater hat einen sehr starken Willen und die Highlands sind fernab vom Arm des Gesetzes."

„Das ist der Grund, warum der König Männer wie die Ritter von de Ware schickt, um das Gesetz durchzusetzen", sagte Noël.

„Das würdet Ihr tun?"

„Aye, natürlich. Ihr seid jetzt einer von uns."

„Aber was ist mit dem Clan?", fragte er. „Ich will keinen Krieg mit dem Clan."

„Sie sind auch mein Clan", beruhigte ihn Noël. „Wenn die Zeit kommt, werden wir einen Weg finden, den Frieden zu erhalten. Ihr seid ein kluger Mann. Euch wird etwas einfallen."

Ysendas schöne silbrige Augen schienen voller Hoffnung, aber in ihrer Stimme war auch Weisheit und Warnung. „Wir werden es alles geheim halten müssen. Wenn der *Laird* Verdacht schöpft, dass Caimbeul einen Anspruch auf den Besitz hat ..."

Sie führte den Gedanken nicht zu Ende, aber sie kannten alle das Risiko. *Laird* Gille würde nicht zögern, seinen Erben zu eliminieren, wenn Caimbeul sich als unbequem erwies.

„Aye", sagte Noël. „Es wird ein Geheimnis unter uns dreien sein."

Sie nickten in ernster Zustimmung.

Und mit einem leisen Siegesschrei warf Ysenda sich dann in Noëls Arme.

Er schmunzelte vor Freude und hielt sie fest an sich gedrückt.

Als ihre Umarmung zu lange dauerte, verdrehte Caimbeul die Augen und wandte sich ab, um zurückzugehen.

„Wo wollt Ihr hin?", fragte Ysenda.

„Zurück zur Burg", sagte er über die Schulter. „Da ist etwas, was ich schon lange einmal tun wollte, aber macht Euch keine Sorgen. Bis Ihr fertig seid mit Eurer Feier, könnt Ihr mich noch einholen."

Noël verabschiedete sich von ihm. Dann grinste er und küsste seine schöne Frau auf den Kopf. „Es sieht aus, als hätten wir noch unser ganzes Leben Zeit zu feiern."

„Nicht nur unser Leben", murmelte sie. „Die Ewigkeit."

„Es hat doch funktioniert, nicht wahr?", fragte er sie leise. „Der Wikinger Brunnen. Er hat uns unseren Wunsch zum Julfest erfüllt."

Sie nickte. Dann blickte sie zu ihm hoch. Ihr Lächeln war so süß wie gewürzter Wein. Ihre Augen glühten mit der Wärme von Kerzenlicht. „Für immer und ewig."

EPILOG

Als sie ihr Zuhause in den Highlands verließ, um mit den Rittern von de Ware nach Süden zu reisen, hatte Ysenda sich besser beschützt gefühlt denn je. Das hatte sie natürlich nicht davon abgehalten, ihr eigenes Kettenhemd und ihre Waffen einzupacken. Es war schwer, von alten Gewohnheiten loszukommen. Es würde lange dauern, bis sie sich daran gewöhnt hätte, dass sie eine Armee von Rittern unter ihrem Befehl hatte und dass ihr Bruder auf sich selbst aufpassen konnte.

Caimbeul hatte das bei ihrer Rückkehr zur Burg eindrucksvoll bewiesen.

Auf dem Weg nach Hause vom Brunnen hatte Ysenda viel Zeit zum Nachdenken. Nun, da sie nicht mehr ihrem Vater verpflichtet war, nagte der Zorn über die vielen Jahre von Caimbeuls schlechter Behandlung an ihr. Die Misshandlungen des *Lairds* - sein Hohn, seine Gewalttätigkeit und seine Grausamkeit - verschmolzen zu einem einzigen harten Knoten des Zorns und der Ungerechtigkeit. Mit jedem Schritt auf die Burg zu kochte der Zorn noch höher in ihren Adern.

Als sie schließlich auf der Burg ankamen, um ihrem Vater gegenüber zu treten, war er allein in der großen Halle und bereits recht betrunken. Er grinste höhnisch, als sich die drei näherten und nährte so noch das fast unwiderstehliche Verlangen nach Vergeltung, das Ysenda verspürte, um sich an ihm für all die Schmerzen, die er verursacht hatte, zu rächen.

Aber sie schwieg, als Sir Noël erklärte, dass sie Caimbeul mit nach Frankreich nehmen wollten.

Die Augen ihres Vaters leuchteten auf. „Ach, aye!", krähte er. „Ich habe gehört, dass die französischen Höfe gerne Zwerge und ähnliches zur Unterhaltung verwenden."

Ysenda hätte ihren Vater am liebsten für seine brutalen Worte verflucht.

Aber dann hörte sie das Echo der Stimme ihrer Mutter. Die Kriegerin hatte Ysenda mehr als alles andere gelehrt, dass sie ihre Gefühle unter Kontrolle haben musste. Es war niemals weise, die Fassung zu verlieren. Außerdem würden sie und Caimbeul schon bald abreisen und den *Laird* wahrscheinlich nie wiedersehen. Es brachte nichts, jetzt noch für Unruhe zu sorgen. Also biss sie die Zähne zusammen, damit sie keine beißende Antwort geben konnte.

Der *Laird* betrachtete Caimbeul nachdenklich über den Rand seines Bechers. „Oder vielleicht plant Ihr, ihn auf dem Weg zu verkaufen? Der Junge hat eine gute Stimme. Zweifellos würde ein singender Krüppel einen guten Preis einbringen."

Ysenda biss die Zähne so fest zusammen, dass sie schmerzten, aber im Kopf wiederholte sie den Rat ihrer Mutter immer wieder. Man musste tief durchatmen, seinen Zorn unter Kontrolle haben und seine Kämpfe weise wählen.

Der *Laird* trank wieder und strich sich über die Lippen. „Er hat bestenfalls noch fünf oder sechs Jahre zu leben, aber er wird trotzdem einen guten Preis bringen."

Das brachte Ysendas Blut zum Kochen, aber ganz gleich, wie sehr sie das selbstgefällige Grinsen aus dem Gesicht des *Lairds* schlagen wollte, ganz gleich wie befriedigend es wäre, ihm den Bart vom Kinn zu reißen, ganz gleich wie sehr ihre Faust sich danach sehnte ...

Knack!

Ysenda hob eine Augenbraue, als der Kopf ihres Vaters nach einem ordentlichen Schlag von Caimbeul nach hinten schnellte. Der *Laird* stolperte rückwärts, ließ seinen Becher fallen und hielt sich die Nase.

Ysenda starrte verwundert und Caimbeul schüttelte seine Schlaghand. Dann grinste er vor Befriedigung. „Das ist für lebenslanges Leiden ... Vater."

Das waren Caimbeuls letzte Worte an den *Laird*, der nun davon schlurfte, damit sich jemand um seine blutige Nase kümmerte. Ysenda war noch nie mehr stolz auf ihren Bruder gewesen und sie dachte, dass ihre Mutter zustimmen würde, dass er seinen Kampf weise gewählt hatte.

Jetzt waren sie auf dem Weg nach Frankreich – in die Freiheit und zur Familie. So unmöglich es schien, aber es kam Ysenda vor, als würde Caimbeul größer aussehen, während er neben seinen neuen Kameraden ritt. Vielleicht fühlte er sich nicht mehr so sehr vom Gewicht seines Gebrechens belastet.

Auch wenn seine Männer lachend darauf bestanden, dass Noël der hässlichste der de Ware Brüder war, hätte Ysenda nicht glücklicher sein, mit einem solch gutaussehenden, freundlichen, edlen, brillanten und ehrbaren Mann verheiratet zu sein. Noël hatte ihr versprochen, dass wenn ihr Vater starb, er und seine Männer mit Caimbeul zurückreiten würden, um ihm zu helfen, seinen Highland Besitz ohne Blutvergießen für sich in Anspruch zu nehmen.

Ihr Weg von der Burg führte am Wikinger Brunnen vorbei. Ysenda bat darum, ein letztes Mal dort allein sein zu dürfen. Sie zog ihren Umhang fest um sich und kämpfte sich durch die Schneewehen, bis sie den silbrigen Bach und die Steine der Ruine erreichte.

Dort strich sie mit den Fingern über die uralten Runen, die in den Deckel des Brunnens gehauen waren. Sie flüsterte ihren Dank an die verlorenen Geliebten, dass sie ihr ihren Wunsch erfüllt hatten. Dann sprach sie noch ein eigenes kleines Gebet, dass das todgeweihte Paar irgendwie, irgendwann seinen eigenen Fluch besiegen könnte.

Als sie zurückkam sprachen die Ritter mit einem Dutzend Fremder, die in der gegensätzlichen Richtung unterwegs waren. Die zerlumpten Highlander sagten, sie wären auf dem Weg zur Burg von *Laird* Gille.

Der kleine Junge ganz vorne leckte sich über seine rissigen Lippen, hob sein bartloses Kinn und prahlte mit

hoher, kindlicher Stimme, dass er das schönste Mädchen von ganz Schottland heiraten würde.

Ysenda hob die Augenbrauen, unterdrückte ihr Lachen aber klugerweise und wünschte sich, dass sie das Gesicht ihrer Schwester sehen könnte, wenn Cathalin den Bräutigam sah, den sie so sehr wollte.

Stattdessen lächelte sie Noël zu, dessen Lippen vor Heiterkeit zuckten. Er zwinkerte ihr zu und sie seufzte vor Vergnügen.

Dies würde zweifellos das beste Julfest aller Zeiten werden.

ENDE

VIELEN DANK, DASS SIE MEIN BUCH GELESEN HABEN!

Hat es Ihnen gefallen? Wenn ja, posten Sie bitte eine Bewertung, damit Andere sie sehen können! Sie können einer Autorin kein größeres Geschenk machen, als die Liebe für ihre Bücher weiterzugeben.

Es ist wahrlich eine Freude und ein Privileg, dass ich meine Geschichten mit Ihnen teilen darf. Zu wissen, dass meine Worte sie zum Lachen oder Seufzen gebracht haben oder eine geheime Stelle in Ihrem Herzen berührt haben, ist das Salz in der Suppe und gibt mir den Mut, weiter zu machen. Ich hoffe, dass Sie unsere kurze, gemeinsame Reise genossen haben und dass ALLE Ihre Abenteuer gut ausgehen!

Wenn Sie mit mir in Kontakt bleiben wollen, können Sie sich gern für meinen monatlichen, elektronischen Newsletter unter www.Glynnis.net anmelden und dann erfahren Sie als Erste(r) alles über meine Neuerscheinungen, besondere Rabatte, Preise, verkaufsfördernde Maßnahmen und viel mehr!

Wenn Sie mich im täglichen Leben begleiten wollen ...

Wenn Sie mich im täglichen Leben begleiten wollen ...
Freunden Sie sich mit mir auf Facebook an
Liken Sie meine Autorenseite auf Facebook
Folgen Sie mir auf Twitter
Und wenn Sie ein Super-Fan sind,
werden Sie Mitglied des Campbell – Leser Clans

Excerpt from

ᲛEIᲘ RIᲢᲢER

Die Ritter von de Ware

hr, Linet de Montfort", sagte Duncan, „habt Angst vor mir."

Ihr stand der Mund auf und einen Augenblick lang fiel ihr nichts ein, was sie zu ihrer Verteidigung hätte sagen können.

Er schüttelte den Kopf. „Ihr, die El Gallo so kühn am Hafen beleidigt habt, die es wagte, Sombra persönlich zu konfrontieren, habt Angst vor einem einfachen Bettler."

„Ich habe keine Angst", flüsterte sie und stritt es ab. Jedoch wusste sie tief in ihrem Herzen, dass es stimmte.

„Ihr duckt Euch vor mir. Ihr gebt vor, dass es Ekel ist", verkündete er mit selbstironischer Arroganz, „aber ich glaube es kaum ..."

„Ich finde Euch widerwärtig", versuchte sie ihn zu überzeugen, aber sie konnte ihm bei der Lüge nicht in die Augen sehen, nicht, solange diese wilden schwarzen Locken über seine Stirn hingen und seine blauen Augen vor Schalkhaftigkeit leuchteten.

Als letztes hätte sie Gelächter erwartet.

„Oh, aye – widerwärtig! Und was im Besonderen findet Ihr widerwärtig?", fragte er und näherte sich ihr wieder.

Sie trat zurück. Nichts an dem Bettler war widerwärtig. Alles an ihm war faszinierend – faszinierend und gefährlich.

147

„Meine Nase? Meine Augen?" Sein Mund wurde weicher und lockte sie an, während sie sich gleichzeitig in der Scheune noch weiter zurückzog. „Meinen Mund?"

Sie trat noch einen Schritt zurück, aber sie stolperte rückwärts über einen auf dem Stallboden zurückgelassenen Spaten. Der Bettler streckte gerade noch rechtzeitig die Hand nach ihrem Ellbogen aus, um sie vor einem Sturz zu bewahren, doch zu diesem Zeitpunkt stieß sie schon an die Stallwand und landete auf dem Rücken auf dem Boden.

„Vielleicht ekelt Ihr Euch vor meiner ... Berührung", sagte er.

Sie war jetzt zwischen einer Wand und einem Mann gefangen, dessen reine, grobe Männlichkeit mit dem starken Holz im Wettbewerb stand.

„Soll ich Euch zeigen", flüsterte er, „wie ich die Bauersfrau geküsst habe?"

„Nay." Sie wurde so steif wie ein Stock. Kein Kuss – alles, nur kein Kuss, dachte sie, während selbst ihre Lippen vor Erwartung kribbelten. Ganz gleich, was er mit ihr machte, wie sehr ihr Herz raste, sie weigerte sich, seinem Angriff nachzugeben.

„Ich habe meine ekelhaften Oberschenkel hierhin gelegt." Er trat zwischen ihre Beine und stupste sie mit seinem Knie auseinander, bis sein Körper intim an ihren gedrückt war und sie außer Atem war, da er keinen Zweifel an seinem Verlangen ließ. „Dann habe ich meine vulgären Arme so gelegt." Mit einer Hand hielt er ihre Handgelenke gegen seine Brust fest und legte die andere vorsichtig um ihren Hals. Seine Finger waren wie Seide aus Lucca an ihrer

Haut, während sie an ihrem Hals hoch glitten und sich in den Locken an ihrem Hinterkopf verhedderten.

Ihr Atem wurde flacher. Sie traute sich nicht, ihn anzusehen.

„Dann", atmete er an ihre Mundwinkel, „drückte ich meine groben Lippen so …"

Sein Mund näherte sich ihrem, als wenn sie ein Weinkelch wäre und seine Zunge glitt leicht über den Rand ihrer Lippen, schmeckte sie und führte sie in Versuchung. Sie schloss die Augen fest, kämpfte gegen ihr eigenes Verlangen und wollte, dass die Glut, die sich in ihr aufbaute, zurückging, aber es war sinnlos. Sein Kuss stahl ihr sogar die Gedanken aus ihrem Kopf.

Einen kurzen Augenblick lang zog er zurück und gewährte ihr eine Pause von ihren chaotischen Gefühlen, die sie verwirrten. Einen Augenblick lang konnte sie schon fast denken.

Dann küsste er sie erneut. Dieses Mal umarmte er sie völlig und plünderte ihre Sinne, wobei er sie mit der Gier eines hungernden Mannes verschlang. Das Blut rauschte in ihren Ohren, als wenn er es den ganzen Weg von ihren Zehen herbeigerufen hätte. Jeder Zoll ihrer Haut reagierte auf seine Berührung wie Eisenspäne, die unter einem Magnet erwachten.

Als er sich schließlich losriss, als sein Daumen über ihre Unterlippe strich, spürte sie noch die anhaltende Hitze seines Kusses. Sie konnte das raue Seufzen, das ihr zwischen ihren Zähnen entwich und das nach mehr flehte, ebenso wenig verhindern wie sie die Gezeiten anhalten konnte.

Sie hatte niemals nachgeben wollen, aber als sie einmal das Verlangen seines suchenden Mundes spürte; wie die Muskeln seines Körpers zu den Konturen ihres eigenen passten, hörte jede Vorsicht auf. Sie wusste nur, dass sie noch mehr wollte.

Duncan wusste, was sie wollte und er hatte die Absicht, sie zufriedenzustellen. Er ließ ihre Hände, die in seinen schlaff geworden waren, los, um einen Arm besitzergreifend um ihren Rücken zu legen. Fasziniert stellte er fest, dass die kleine hungrige Füchsin sich ihm hemmungslos entgegenwarf und ihn von sich aus küsste. Sie drückte ihre Brüste gegen seine Rippen und öffnete ihren Mund für ihn und erforschte seine Schultern, sein Gesicht und seine Haare mit hektischen Händen.

Und er verlor die Kontrolle.

Das war ihm noch nie passiert. Er hatte schon Dutzende Frauen geliebt und Dutzende mehr geküsst. Bei Gott, die de Ware Brüder waren der Stolz der Baronie, was Verführung betraf, aber er behielt immer die Kontrolle. Er war es, der die Geschwindigkeit festsetzte, jede Bewegung und jedes Wort plante und den Augenblick der Kapitulation erkannte. Er wusste immer, wie weit er gehen konnte und wie er sich elegant zurückziehen konnte. Zum ersten Mal war er jetzt völlig machtlos, sich zurückzuhalten.

Melden Sie sich unter www.glynnis.net an und erfahren sie als Erste(r) alles über Neuerscheinungen.

ÜBER GLYNNIS CAMPBELL

Ich bin eine USA Today Bestsellerautorin von verwegenen, abenteuerlichen, spannenden, historischen Liebesromanen mit über einem halben Dutzend preisgekrönter Bücher, die bereits in sechs Sprachen übersetzt wurden.

Aber bevor ich die Rolle der mittelalterlichen Heiratsvermittlerin übernahm, habe ich in der Mädchen-Band, „The Pinups", auf CBS Records gesungen und meine Stimme den MTV-Animationsserien „The Maxx", „Blizzard's Diablo" und den Starcraft-Videospielen und Star Wars-Hörbüchern geliehen.

Ich bin mit einem Rockstar verheiratet (wenn Sie wissen möchten, mit wem, kontaktieren Sie mich) und habe zwei Kinder. Ich schreibe am Liebsten auf Kreuzfahrtschiffen, in schottischen Schlössern, im Tourbus meines Mannes und zuhause in meinem sonnigen Garten in Südkalifornien.

Ich nehme meine LeserInnen gern mit an Orte, wo kühne Helden liebenswerte Fehler haben und die Frauen stärker sind als sie aussehen, wo das Land üppig und wild ist und Ritterlichkeit an der Tagesordnung ist.

Ich freue mich immer wieder, von meinen LeserInnen zu hören. Schicken Sie mir daher gern eine E-Mail an glynnis@glynnis.net. Und falls sie ein Super-Fan sind und Teil meines inneren Kreises werden wollen, melden Sie sich an, um ein Mitglied des Glynnis Campbell Leser-Clans auf Facebook zu werden. Dort können Sie hinter die Szenen blicken, erhalten Vorschauen auf noch nicht erschienene Bücher und besondere Überraschungen!

www.ingramcontent.com/pod-product-compliance
Lightning Source LLC
Chambersburg PA
CBHW010737100726
47899CB00009B/3087